吼《ほ》えろ道真

大宰府の詩

澤田瞳子

集英社文庫

目次

吼《ほ》えろ道真

大宰府の詩《うた》

第一章　延喜改元

心地よく澄んだ風が、大宰府《だざいふ》・朱雀大路《すざくおおじ》を行き交う人々の足元に小さな旋風《つむじかぜ》を巻いている。築地塀《ついじべい》の陰に咲く萩《はぎ》の紅色までが、秋空の高さ、乾いた風の爽やかさを際立たせているかのようだ。

今日七月十四日は、大宰府庁の東に伽藍を構える観世音寺《かんぜおんじ》のご縁日。そのためすでに陽《ひ》は頭上を過ぎたにもかかわらず、幅十一丈（約三十六メートル）の朱雀大路は行き交う老若男女で混み合い、立錐《りっすい》の余地すらない。近隣の郡督家の子女が乗っていると思《おぼ》しき手輿《たごし》やあでやかな身拵《みごしら》えの遊行女《うかれめ》たちが、そうでなくとも賑《にぎ》やかな雑踏に更なる彩りを添えていた。

大宰府政庁の門前に寄り集まる下部《しもべ》（役所の下働き）たちに背を向け、龍野保積《たつののほづみ》は明るい秋空を仰いだ。

空にぽっかりと一つだけ浮かんだ丸い雲は綿をちぎって浮かべたに似て、どこか間の抜けた気配がある。西国だけに大宰府の秋は嵐に見舞われる折が多いが、この分では明日の晴れは確実だ。

（つまり、明日は絶好の改元日和《かいげんびより》というわけだなあ）

胸の中でそう呟《つぶや》けば、今朝、寝ぼけながら髭《ひげ》を剃《そ》った際の剃刀傷《かみそりきず》に、秋風がちくりと沁《し》みる。ぶるっと身を震わせて、保積は小さく足踏みをした。

「前回の穴の跡がここにあるぞ。よし、ここにしよう」

「馬鹿か、お前は。穴は小さく、それでいて深く掘るんだ。そんな大きいと榜示《ほうじ》が立たんだろうが」

　大宰府庁の正門、俗に南門と呼ばれる則天門《そくてんもん》の基壇を前に喚《わめ》き合う下部たちは、手に手に鍬《くわ》を持っている。やがて長さ一間（約一・八メートル）ほどの杉柱を運び出し、それを地面に立て始めたが、上役である保積にはそろって目もくれようとしない。

　次の春で四十三歳となる保積は、先祖代々大宰府の庁官《ちょうがん》（地方官僚）を務める龍野家の婿。とはいえもはや大宰少典《だざいのしょうさかん》（大宰府の第四等官）以上の出世は望めず、後は一粒種の三緒《みつお》の栄達だけを心待ちに過ごそうという気楽な身の上だ。

　どうせ下部たちは詰所に戻った後は、

「例によってまた、うたたね殿は役立たずだったなあ」

「しかしあれで意外にも、大宰大弐《だざいのだいに》さまから特別なご下命を受けておいでらしいぞ」

「まさか、そんなわけがあるものか。おおかた公文所《くもんじょ》の任には堪えぬと、どこかの閑職に追いやられておいでなだけさ」

　などと、自分の陰口を叩《たた》くのだろう。しかしこんな自他ともに認める怠け者の自分が一人前に禄《ろく》をいただけるのも、大宰府庁で働くおびただしい下部・寄人《よりうど》（下級の事務官人）の存在あればこそだ。

そう思えば、こちらを一瞥《いちべつ》だにせぬまま手際よく働く彼らに対し、感謝の念すら湧《わ》いてくる。保積はまっすぐ立てられてゆく杉柱を満足げに仰いだ。

明朝は日の出とともにここに、新しい元号を布告する榜示が貼り出される。つまり昌泰《しょうたい》四年（九〇一）は本日七月十四日で最後となり、明日からは新元号元年が始まるのだ。

ただしそれを知らされているのはまだ、大宰府の官人たちのみ。ゆえあって、最近、めったに府庁に足を運んでいない保積なぞ、たまたま今日、年末の禄の件で公文所に顔を出し、上役である秦折城《はたのおりき》から榜示の手伝いを頼まれなければ、何も知らぬまま明日を迎えていたかもしれない。

大路を行く人々の中には、そびえ立つ杉柱に目を止め、はて何が掲示されるのかと首をひねっている者もいる。それに知らぬ顔を決め込むべく顔を背けた途端、小さなあくびがこみ上げてきた。昨夜、南館で勧められた酒がまだ残っているようだと思いながら、保積はもう一度、朱雀大路を覆う空を仰いだ。

（やっぱり大宰府の空だって、それなりに狭いよなあ）

豊前国《ぶぜんのくに》（現在の福岡県東部から大分県北部）で生まれ、二十歳で龍野家の婿に迎えられた保積は、大路が東西南北整然と走る街区と言えば、この大宰府しか知らない。それだけに朱雀大路の左右に櫛《しっ》比《ぴ》する家々と、それを天蓋の如《ごと》く覆う空の狭さを見る都度、日本の入口として栄えるこの地の賑やかさを晴れがましく思う。

しかし昨夜、さして旨《うま》そうな顔もせぬまま酒を啜《すす》っていた南館の大宰権帥《だざいのごんのそち》は、大宰府は政庁も建ち並ぶ家々もすべて軒が低く、形こそ京の都に似せてはいても、空を仰げばその違いは一目瞭然なのだと語っていた。

——都はのう。驚くほど空が狭いのじゃ。宮城を取り巻く十二門、長く連なる築地塀、そこここの邸宅の高くそびえ立つ甍《いらか》に東寺《とうじ》・西寺《さいじ》の大伽藍。ありとあらゆる堂舎殿宇が雲を突くほどに高く、空を食い尽くそうとしているかにも見えるのじゃ。

そう言って遠い目をした彼が南館に暮らし始めて、間もなく五カ月。この地に入った当初の恨みがましい態度は随分なりを潜め、最近では毎日ご機嫌うかがいに参上する保積を摑《つか》まえては、都のあれこれを語りもする。

——すでに京では七月七日の節会《せちえ》が終わったか。宮城の七夕《しちゆう》は織女祭とも呼ばれてな。清涼殿《せいりようでん》の前庭に築かれた二星を祀《まつ》る祭壇には、金銀の針と七色の糸、それに瓜果《かか》を飾って、灯火《ともしび》を燈《とも》すのじゃ。

そのしゃがれ声は語るにつれて、決まって潤んでいく。だがその癖、どこかで思い切ったように盃《さかずき》を干し、「それにしても」と話頭を転じたときの口調の明るさに、保積は毎回、ほっと胸を撫《な》で下ろさずにはいられない。初めて大宰府に下向した時は、左遷の苦しみに泣きわめき、どうにも手の付けられなかったあの男が、これほど穏やかになろうとは。まったく、この地の誰が想像していただろう。

大宰権帥――すなわち前《さきの》右大臣にして、先帝の股肱《ここう》の臣と呼ばれた菅原道真《すがわらのみちざね》は、世が世であれば保積なぞ生涯顔を合わせられなかった雲上人《うんじょうびと》。それがなぜ官職を奪われ、西の遠《とお》の朝廷《みかど》たる大宰府に左遷される羽目になったのか、保積には皆目わからない。ただ理解できるのは、流人《るにん》同然に大宰府に連れて来られ、慟哭《どうこく》と呪詛《じゅそ》ばかりを口にしていたこの道真が、異国の風が始終吹き入るこの西国を意外にお気に召した事実だけだ。

道真が菅三道《かんさんどう》なぞと身分を偽り、博多津《はかたのつ》の唐物《からもの》商《あきない》・橘《きつ》花斎《かさい》で目利き（鑑定）の真似《まね》事《ごと》を始めた一点だけは誤算だが、それでも邸宅に籠って日夜、都への恨み言を呟かれるよりはるかにいい。橘花斎の隠居・幡多児《はたご》はいい目利きを雇ったとほくほく顔であるし、何より古今東西の書に通じ、唐物への眼《め》もある道真にとって、博多津は京ではついぞ出会えぬ生きた知識の息づく場なのだ。

おかげで保積は、権帥の話し相手を務めよとの大宰大弐の下命を九分九厘果たせている。この分であれば、南館での臨時の任を解かれ、以前と同じく公文所の勤務に戻される日も近いだろう。そう思うと、たまたま巡り合った今日の榜示の手伝いまでが、やがて来たる日々の先触れとも感じられる。

道真の供をして博多津に出かけたり、彼が都から連れてきた娘・紅姫《べにひめ》の遊び相手を務めたりの毎日は、それなりに楽しかった。とはいえむら気の激しい道真は、側《そば》に仕えるにはなかなか肩の凝る男。そしてただ自分の席にさえ座っていれば、居眠りをしようがいびきをかこうが叱られぬ公文所の日々と違って、南館ではたった一人の道真の従者・味酒安行《うまさかやすゆき》と共に、井戸さらえや庭の草むしりといった慣れぬ力仕事まで勤めねばならない。

それだけに、戻れるならばさっさと公文所に帰り、昼寝三昧だったかつての暮らしを取り戻したい。その日も間もなくのはずだと思うだけで、そうでなくとも締まりのない保積の口元には、にんまりと笑みが浮かぶのであった。

「少典さまァ、戻りますよ」

と叫ぶ下役にうなずいて、保積は政庁の南門をくぐった。

大宰府はかつては「大王《おおきみ》の遠の朝廷」と詠《うた》われた、西海道《さいかいどう》の総督府。そのため約二万人が生活する都城は京と同じ条坊制に基づく、東西各十二坊、南北二十二条の大路によって構成されている。その北辺に位置する政庁もまた都の宮城同様、四方を築地塀に囲まれ、石畳敷きの広場を中心に幅七間（約十三メートル）の庁舎が東西に、また正月や蕃客《ばんかく》の来迎などの儀式に用いられる正殿《せいでん》が北に建つ規矩《きく》に則《のっと》った構造であった。

明日の改元布告を控え、正殿前の広場にはすでに幄《あく》（幕屋）が建てられ、版位《へんい》（儀式参列者の立ち場所を示す札）や調度品を抱えた下部たちがあわただしく走り回っている。

官衙《かんが》の屋根を彩る瓦の青釉《せいゆう》と柱の丹《に》の色に、真っ白な麻布で拵えられた幄がよく映えていた。

広場の四方に建てられた高い竿《さお》は、四神を織りなした幡《ばん》を飾るためのもの。またどこからともなく酒の匂いが漂ってくるのは、明日、大宰府を統括する大宰大弐が広場で改元を宣言した後、官人たちに酒が振る舞われるためだ。

改元は即位や践祚《せんそ》に次ぐ大礼で、天皇の御代替《みよが》わりの他、五色の雲や白い亀・鹿の出現といった祥瑞《しょうずい》、はたまためでた事とは正反対に天変地異が続いた際などに行われる。現在、四年を数えた昌泰は当今《とうぎん》・敦仁《あつぎみ》（醍醐《だいご》天皇）の即位に際して定められ、もともとは唐の正史である『旧唐書《くとうじょ》』から取られた語であった。

この数年、諸国の天候は穏やかで秋の実りもよく、改元をせねばならぬ天災とは無縁である。加えて帝《みかど》もまだ十七歳の若盛りとなれば、今回の改元はきっと何かしらの祥瑞が都に起こったためだろう。だとすれば明日は惜しげもなく酒肴《しゅこう》が供され、もしかすると衣《きぬ》の一枚、綿のひと重ねでも特別に官人たちに与えられるかもしれない。そう考えただけで、酒に目のない保積の頬はおのずと緩んだ。

酒席を存分に楽しむためにも、今夜は寝酒を控え、早めに床に就こう。このところますます保積に冷淡な妻の督子《とくこ》も、下されものがあればさぞ機嫌がよくなるだろうと思い巡らせながら、保積は下部たちが行き交う広場を斜めに横ぎった。

大宰府の職務は九国三島の行政のみならず、外国使節の応対や博多津にやってくる商人の統括、交易品の管理、更には西海沿岸の守護と多岐に亘《わた》る。そのため府庁内には各部署を取りまとめる政所《まんどころ》を筆頭に、公事《くじ》（訴訟）や書類の管理を行う公文所、諸国から貢上《こうじょう》される税を収納する貢物所《こうもつじょ》、更には公船の建造を行う主船司《ふねのつかさ》など、二十を超える部署が置かれており、いくら明日が改元といってもそれで府庁の仕事が休みになるわけではない。

建ち並ぶ官衙を覗《のぞ》き込めば、外交・交易を統括する蕃客所からはけたたましい唐語が響いてくるし、府庁の資材を管理する蔵司《くらつかさ》の前にはおびただしい櫃《ひつ》が山積みになっている。こんなところをうろうろしていては、どこかの部署からまた雑用を押し付けられるかもしれない。さっさと用事を済ませて雲隠れするに限ると、保積は回廊を急ぎ始めた。

「おい。ちょうどよかった、保積。しばし待て」

射るように鋭い声が、不意にかたわらの庁舎から飛んできた。びくっと身を強張《こわば》らせる暇もあらばこそ、政所長官である大宰少弐《だざいのしょうに》・小野葛根《おののくずね》が、政所の置かれている官衙の階《きざはし》を駆け下りてきた。

まだ二十八歳の葛根は、保積からすれば息子に近い年頃である。だがその鰓《えら》の張った顎に鋭い眼差《まなざ》し、小柄にもかかわらず鋼《はがね》を思わせるほど鍛えられた体軀《たいく》を前にすると、どうにも身がすくんでならない。

大宰府の政務は実質的な大宰府長官である大宰大弐を少弐が補佐する形で執られている。一昨年、葛根に先駆けて着任した大弐・小野葛絃《くずお》は、葛根の伯父。そんな立場に加え、葛根の物言いは常に猛々《たけだけ》しく、気にいらぬことがあるとすぐに声を荒らげる。政所の書類を取り違えた下官が怒鳴りつけられただの、長年、府庁の御用を務めていた商人が葛根の機嫌を損なって出入りを差し止められただのといった風評も多いだけに、「なんでございましょうか」と応じる唇がおのずと震えた。

「ご、権帥さまの件であれば、ご心配なく。このところはご機嫌も麗《うるわ》しくお過ごしでございますが」

「さようか。だが、それはおぬしから大弐さまに申し上げろ」

思いがけぬ言葉に、保積の背に冷たい汗が浮く。

「だ、大弐さまに、わたしがでございますか」

と問い返した保積に、葛根は間髪容《い》れず頤《おとがい》を引いた。

「先ほどからおぬしをお召しだ。さっさと後殿《こうでん》のご自室にうかがえ」

ふっくらとした色白の面差しと、芥子粒《けしつぶ》をちりばめたような目鼻立ちのために目を晦《くら》まされるが、大宰大弐たる小野葛絃の気性が外面と正反対であることを、保積はよくよく承知している。そもそも五カ月前の仲春、「うたたね殿」として安逸な官人暮らしを楽しんでいた自分を呼びつけ、菅原道真の話し相手を有無を言わさず押し付けたのは、他ならぬ葛絃だ。

それだけに、またも思いがけぬ任を与えられるのではとの疑念が胸に兆す。「さ、されど」と続ける舌が我知らずもつれた。

「明日は改元でございます。大弐さまにおかれましては、そのご準備にて何かとご多忙でございましょう。かようなところにわたし如きがうかがうのはいかがなものかと」

「改元が明日であればこそ、御用がおありなのだ。つべこべ言わずさっさと行け」

大宰府に赴任した伯父を追ってこの地への転任を願い出るまで、葛根は都の近衛府《このえふ》の武官を務めていたと聞く。そのためか、保積と同じく、縫腋袍《ほうえきのほう》に袴《はかま》を着した朝服姿でも、葛根の挙措には常に武張ったものがにじんでいた。

葛根の妹である恬子《しずこ》が府庁に留《とど》まっていた頃は、すべてを柳に風と受け流す彼女の態度が、その権高な挙措を幾分和らげもしていた。だが恬子が東国に去ってからこの方、葛根の口調は更に猛々しさを増したようだ。

目が覚めるほどの美貌と、誰に対しても遠慮のなかった恬子の明るさを懐かしく思い出しながら、保積は額の汗を拭った。行け、と苛立《いらだ》たし気に顎をしゃくる葛根に一礼して、とぼとぼと回廊を歩み始めた。

正殿の北、後殿と呼ばれる一棟は大宰大弐の役宅を兼ねており、そこへの立ち入りを許される者は大宰府官人の中でもごくわずか。並みの男であれば、一人で後殿へ向かう誇らしさに勇み立つだろうが、残念ながら保積はそもそも栄達なぞ望んだためしがない。とはいえここで身を翻して駆け去るだけの図太さなぞ持ち合わせておらぬのがまた、保積が下官にまで「うたたね殿」と呼ばれる所以《ゆえん》であった。

秋陽に高い甍を輝かせる正殿の威容が、まるで自分を脅しつけているかに映る。そびえ立つ堂宇《どうう》から逃げるように、俯《うつむ》き加減に歩を進めていると、

「いかがなさいました、父上。かようなところで」

と、聞きなれた声が耳を打つ。

顔を上げれば、政所の史生《ししょう》を務めている息子の三緒が、後殿の階を慎重な足取りで下りてくる。大弐の加署《かしょ》（署名）が必要な書類でも持参していたのか、捧げ持った文筥《ふばこ》の中には数枚の檀紙《だんし》が重ねられ、香《かぐわ》しい墨の香を辺りに漂わせていた。

「み、三緒」

地獄に仏の気分で駆け寄った保積の顔が、よほど強張っていたのだろう。三緒は母親似の涼やかな目を大きく瞠《みは》った。

「大弐さまのお召しでございますか」

保積のような官人が大弐に呼ばれる機会は、滅多にない。それだけにこの怠け者の父が、とうとう大弐直々の叱責を受けることになったと勘違いしたのか、三緒の線の細い

顔がさっと青ざめた。

「――ご機嫌はよろしいようにお見受けいたしました」

と小声で囁《ささや》き、保積に向かって顔を寄せた。

「どうかお心を強く持ってください。万一、父上が免官《めんかん》（馘《くび》）を仰せつけられましても、龍野の家はわたくしの禄だけでどうにか食っていけましょう。母上にはわたくしが折を見てお話しいたしますので、父上は家ではどうかこれまで通りに」

万事自堕落な父親と、勝気で他人に厳しい母親。男女が反対であったならと陰口を叩かれる家に生まれ落ちてしまったせいで、三緒はまだ十九歳とは思えぬほど気が回る。そんな息子に複雑な思いを抱きながら、保積は中途半端にうなずいた。

「いや、恐らく免官ではないと思うのだが……」

「さようでございますね。そう思い込むぐらいにお心を強くお持ちください。とにかく後のことはご心配なく」

これではどちらが親か分からない。ますます重い気分で息子と別れ、保積は大弐の自室の戸口で膝を屈した。その姿に目ざとく気づいた小野葛絃が、待っていたとばかりに、書き物をしていた手を止めた。

ぽやぽやと茂った眉毛に、指先でつまみ上げたような目鼻。「いや、呼びつけて済まぬな。まあ、座れ」という声までが、温厚そのものとしか見えぬ容貌にふさわしく、柔らかい。実際、この大弐がどれほど食えぬ男であるかを承知しているのは、府庁でもほんの片手の数ほどのはずだ。

藁座《わらざ》を勧める態度がますます恐ろしく、「い、いえ。そんな」と保積は板間の端に平伏した。だが葛絃はみっしりと肉のついた掌《てのひら》を忙しくひらめかせて保積を招き、「そこでは話が遠くてならん」と苦笑した。

「あまり大きな声では言えぬ話なのだ。とにかく座るがよい」

前回、保積が突然、この部屋に招かれた時は、都から下向したばかりの菅原道真の話相手を命じられた。ならば今回はいったい何なのだ、と怯えつつ這《は》い寄った保積に、葛絃は傍らに置かれていた黒漆塗の文筥を取り上げた。

五色の緒がかけられたそれに深々と一礼し、蓋を払う。丁寧な手つきで取り出された厚い檀紙は、目に痛いほど鮮やかな黄蘗《きはだ》に染められている。見覚えのあるその色に背中に冷たい汗がにじみ、黄紙《おうし》、と保積は吐息だけで呟いた。

黄蘗で染められたその檀紙の意味を知らぬ者は、宮仕えの官吏の中に一人もおるまい。黄紙と呼ばれるそれはすなわち、都におわす天皇の詔《みことのり》が記される特別な紙であった。

四年前、当時の大宰大弐がまったく同じ色の紙を捧げ持ち、中庭に居並ぶ庁官たちに朗々と改元の詔を読んで聞かせた時の光景が、保積の脳裏に明滅する。確かあの時、大宰府に届けられた黄紙はその後、管内諸国を経めぐり、いま目の前にあるのと同じような黒漆塗の文筥に納められて、都に戻されたはずだ。

帝の言葉を書き記したものである以上、詔書は天皇そのものにも等しい尊き存在。当然、保積の如き一介の官吏が間近にしていい品ではない。それをおもむろに卓に広げる葛絃に、緊張と恐怖のあまり全身が小さく震えてきた。

「先ほど、この改元の詔が京から届いてな。どうしたものかとは悩みはしたが、どのみち明日おぬしたちに読んで聞かせ、略意をしたためて則天門外に貼り出すのだ。いずれその内容は権帥さまのお耳にも届くとなれば、ひと足先にあのお方にお目にかけるべきではと考えてな」

詔は天皇が語った言葉をそのまま書き記した形式を取り、本文の他、太政官《だじょうかん》の公卿《くぎょう》たちの位署と天皇自身による「可」の字が書き加えられている。

とはいえ、あまりに緊張しているせいであろう。冒頭の「詔」の字こそ読めるものの、その後に続く文面がまったく目に入らない。黄色い紙を埋め尽くさんばかりに捺《お》された天皇御璽《ぎょじ》の朱色が、ますます保積を混乱させた。

「つ、つまり。権帥さまにこの詔書をご覧いただけとの仰せでございますか」

「その通りじゃ。今夜のうちにわしの手許《てもと》に戻してくれれば、それでいい。写しを作り、それをおぬしに持たせることも考えたが、改元布告の前にかようなものを作るのもな」

瞬きを繰り返すうちに何とか目が慣れ、淋漓《りんり》たる墨蹟《ぼくせき》がようやく意味を成す。保積は必死に威儀を正しながら、忙しく目を黄紙に走らせた。

詔の記述によれば、新しい元号は「延喜《えんぎ》」。改元の理由は二つ記され、一つは「辛酉《かのととり》の歳《とし》の為《ため》なり」、一つは「老人星の為なり」と明記されている。

そこまで読み取ってふと顔を上げれば、葛絃が卓子越しにこちらに身を乗り出している。保積は恐る恐る、詔の中ほどを目で指した。

「あの……辛酉の年ゆえに改元をするとは、いかなる意味なのでしょうか」

「ああ、今年昌泰四年は辛酉。唐国では古《いにしえ》より、辛酉の年には革命が、甲子《きのえね》の年には政変が起きると伝えられているそうでな。それを避けるがために改元するとの意味だ」

もう一つの理由である老人星（りゅうこつ座の一等星・カノープス）は、保積も知っている。古来、これが天に出現すれば天下が平らけく治まり、見る者の齢《よわい》を延べると伝えられる瑞星であった。

「大宰府ではとんと見えなんだが、都の空には昨年の末、この老人星が輝いたそうでな。辛酉の年と併《あわ》せ、瑞凶それぞれ一つずつ改元の理由がある、とまあそういう意味だな。——ほかに聞きたいことはあるか」

まだ全文を読み終えたわけではないが、葛絃の前で腰を据えて詔を読み解けるほど、保積の肝は太くない。大急ぎで保積が首を横に振ると、葛絃は待っていたとばかり、黄紙を丸め始めた。文筥に再び納めて緒をかけ、更にそれを白い絹布でくるむ。手際よく片付けた詔を、保積にさあと差し出した。

「大学者と名高い道真さまだ。おぬしが何を言わずとも、詔をご覧になればすべてをお察しになられよう。では、後は任せたぞ」

もはや用は済んだとばかり、葛紘は素早く筆硯《ひっけん》を引き寄せた。墨を磨《す》り始めた横顔に、で、ですが、と保積は声を絞り出した。

「わたくし如きが詔を持ち運ぶのは、いかがなものかと存じます。もし道中何事か起きれば、わたくしは一体どうすれば」

京から地方に発布される命令には、最も格の高い詔、政策を天皇の命の形式で告げ知らせる勅《ちょく》、太政官を始めとする役所から下される符など、内容に応じて様々な種類がある。その中で、天皇自らの筆が加えられるのは、帝の直接の指示の形式を取る詔のみ。ゆえに詔の取り扱いは厳重を極めねばならず、律令に細かな規定があるほどだ。

そんな高貴なる命令書を一人で南館まで運ぶなど、考えただけでも身がすくむ。万一、往来で落として傷つけたり、誰かにひったくられたりすれば、それこそ免官だけで済む話ではない。

さすがに道理と思ったのか、書き物を始めていた葛紘の筆が止まる。考え込むように一瞬、虚空に目を据えてから、卓の隅に置かれていた銅の鈴を小さく振った。

待つ間もあらばこそ、規則正しい足音が近づいてくる。「お呼びでございますか、大弐さま」との硬い声とともに、葛根が板間の端に片膝をついた。

「保積が詔書を南館に届ける。ついては、供をしてやってくれ。事のついでだ。本来ならば大宰大弐がうかがうべきところ多忙ゆえに失礼すると、権帥さまへの言上も頼む」

「かしこまりました」

慇懃《いんぎん》な応えとは裏腹に、保積を睨《にら》む葛根の眼は冷たい。

保積からしても、よりによってこの男が同行かと思わぬでもない。ただなにせ南館におわす道真は表向き、いまだ左遷の憂憤に沈み、日夜、荒れ果てた館で泣き暮らしていることになっている。それだけに供を命じ得る者は、道真に関する事情を知るごく数名に限られるのもまた事実であった。

しかたがないと腹をくくって後殿を退けば、大きな唇を真一文字に引き結んだ葛根が、保積の前を大股に歩いて行く。あの、と追いすがる保積を振り返りもせず、「呼びかけるな」と低く言い放った。

「おぬしとわたしが共に歩いているところを見られれば、庁官が不審を抱く。南門を出るまでは近づくな。大路に出た後は、おぬしの背後に付いていてやる。これでもかつては京の帝をお守り申し上げていた身だ。心配はいらん」

「は、はあ。それは恐縮でございます」

「念のために申さば、守ってやるのはおぬしではなく、その腕の中にある詔だ。おぬしがどうなろうが、わたしには関係はない」

言わずもがなのことまで付け加えて、葛根がますます足を速める。その苛立たし気な横顔をこっそり仰ぎ、保積は眉間に小さく皺《しわ》を寄せた。

おかしい。葛根は以前から権高なところがあったが、だからといって誰彼なく苛立ちをぶつけるような単純な男ではなかった。

とはいえ何かあったのかと問えるほど、保積はこの若き高官と親しいわけではない。後で三緒にこっそり聞いてみるかと思いながら則天門を出れば、短い秋の日はすでに西に向かって大きく傾き、先ほど立てたばかりの杉柱の影が大路に長く伸びている。

文筥を小脇に抱えると、保積は先ほどよりわずかに人の減った大路を小走りに急いだ。

現在、道真が暮らす南館は、大宰府都城のちょうど中央、十条西一坊に位置する豪奢《ごうしゃ》な邸宅である。元は大宰大弐の役宅として建てられただけあって、一町（約一ヘクタール）の敷地に正殿と対屋《たいのや》、それに庭園まで備えた造りは、葛絃が起き居する大宰府政庁北の北館よりも広かった。

「これは保積さま。少弐さまもご一緒とはお珍しい」

二人を迎えにきた安行の水干《すいかん》の胸元は、乾いた泥でべったりと汚れている。括袴《くくりばかま》のあちこちには枯れ草の切れ端が付き、庭仕事に勤しんでいたのは明らかであった。

道真がこの屋敷に入った当初、広い庭を流れる遣水《やりみず》は濁り、あまりに急いで修繕したせいか、雑草を抜き取ったばかりの地面がそこここで白土を剝《む》き出しにしていた。

だが安行がこの春からこつこつと修理に励んできたせいで、今や朱雀大路に面した四《よっ》脚門《あしもん》は柱も屋根も美しく磨き上げられ、庭の流れは小魚が泳ぐほどに澄んでいる。知らぬ者が見れば、およそ左降《さこう》に嘆く権帥の居館とは思わぬはずだ。

万事細やかな気性の安行はそれだけでは飽き足らぬと見えて、このところは庭の樹木の手入れに余念がない。鉢植えに菊を育て、ようやく蕾《つぼみ》をつけたばかりのそれを道真の自室の前に並べたり、萩や桔梗《ききょう》といった秋の野花を庭に茂らせたりと、少しでも道真の眼を楽しませようと心を砕いていた。

「保積、保積。遊んでちょうだい」

甲高い声とともに保積に飛びつこうとした汗衫《かざみ》の少女は、道真の娘である紅姫だ。詔を抱えているせいで抱き留められぬ保積に代わって、葛根がひと足、前に出る。戸惑い顔で立ちすくんだ少女に、「申し訳ありませぬなあ」と保積は小腰を屈《かが》めた。

「今日は御用の向きがあってまかり越したのでございます。遊びのお相手はまたにしてくだされ」

「なあに、つまらないの」

子福《こぶく》長者の道真が配流先の慰めにと都から連れてきただけあって、紅姫は何事にもほとんど屈託を見せない。一瞬、つまらなげに頬を膨らませたものの、すでに保積の袖を引かんばかりの勢いで言葉を続けた。

「あのね。都の母さまが貝覆いをひと揃《そろ》い、送って下さったの。それに西国の秋冬はいかがでしょうかと仰せられて、新しい衣もひと重ね。もちろん父君や安行の分もあったのよ」

朝廷の政《まつりごと》を執る右大臣から大宰権帥に左遷されたものの、道真は従二位《じゅにい》の官位まで剝奪されたわけではない。そのため、官位に応じて与えられる位禄は以前の通り下されていると見え、都に残してきた妻女からは季節に応じた衣服や調度類が次々と南館に送られてくる。

薄色の単《ひとえ》に青い切丈の汗衫を重ねた今日の紅姫の装い一つとっても、およそ大宰府では目にせぬ京風の身拵え。その上、博多津に出かける都度、道真がほうぼうの唐物商で唐物を買い付けてくるせいで、一歩、堂舎に上がり込めば、南殿の家内はおよそ左降者の寓居《ぐうきょ》とは思い難い荷の多さであった。

「それはよろしゅうございましたなあ。本日の汗衫もよくお似合いでございますよ」

保積の追従《ついしょう》に、紅姫は前歯の欠けた口元を嬉《うれ》しげにほころばせた。

葛根は他家の飼い犬を眺めるような眼差しで、それを見つめていた。しかし不意に何かに思い至った様子で、「そういえば」と目をしばたたいた。

「確かこちらの姫御前は、今年八つでいらしたな」

「八つじゃないわ。まだ七歳よ」

保積や安行が訂正するよりも早く、紅姫自身が言い返す。これは失礼と軽く低頭してから、葛根は改めてまじまじと紅姫を見つめた。目顔で保積を招き寄せると、「七歳の子どもとは、こんなにしっかりしているものなのか」と小声で問うた。

「さよう。お子次第ではありましょうが、七つ八つともなれば皆はきはきとした口を利きますよ。我が家の三緒は七つの折、勝手に家を抜け出して水城《みずき》を見物に行き、妻とともに大層狼狽《ろうばい》しました」

「なるほど、そういうものか。妻子がおらぬと、幼子《おさなご》のことはまったく分からん」

葛根は唇を強く結んで、またも紅姫を見下ろした。そのむくつけな眼差しが疎ましくなったのだろう。紅姫は父親とよく似た高い鼻を鳴らして、「父君に御用だったんじゃないの」と保積を促した。

「さようでございました。では葛根さま、しばしこちらでお待ちいただけますか」

この夏の始め、大宰府庁で生じた官人の不正を道真が見事に糊塗《こと》して以来、葛根は道真に傾倒している。一人で南館を訪れ、大宰府管内の政について相談をかける折も頻繁であるが、保積からすれば葛根とともに道真の前に進み出るのは気詰まりでならない。

さすがに南館に入ってしまえば、詔に危険が及ぶこともなかろう。そう考えて一人向かった対屋では、道真が簀子《すのこ》に文几《ふづくえ》を持ち出して文をしたためている。保積の足音に色の薄い目だけをきょろりと動かし、「なんじゃ、珍しいな。かような時刻に」と呟いた。

道真は今年五十七歳。猫背気味の背と肉の薄い体軀は威厳に乏しく、およそ右大臣の顕職《けんしょく》にあった男とは思い難い。その上、最近は十日に一度、二十里（約十キロメートル）離れた博多津の橘花斎まで徒歩で往復しているために、その全身は真っ黒に日焼けしている。胸元に散った墨や手指の汚れが古びた水干姿とあいまって、学者貴族というより叩き上げの商人を思わせる顔貌であった。

「ちょうどよかった。夕餉《ゆうげ》を食っていかんか。先ほど都の妻より、索餅《さくべい》が大量に届いてな。七夕にはいささか遅れているが、まあ、星辰《せいしん》を仰ぐ分には数日の違いなぞ気にせずともよかろう」

索餅とは大陸から渡来した食べ物で、小麦の粉と米粉に塩を混ぜて練り合わせた餅。道真によれば、都では七夕の夜、親指ほどの大きさにちぎった索餅を汁に入れて食べるのが慣例という。

道真の妻女はせめて都の香を道真に味わわせようと、はるばる索餅を送って寄越したのだろう。もっとも都より唐国や新羅《しらぎ》の方が近いこの地では、索餅なぞ四季を問わず、その辺りの肆《みせ》で贖《あがな》えるのだが。

「それはありがとうございます。ではお邪魔でなければご相伴させてください。それより道真さま、実は府庁では明朝、改元の儀が行われることになりまして。大弐さまが布告に先駆け、改元の詔を道真さまにお目にかけよと仰せられましたので、こうして持参いたしました」

「改元じゃと。ああ、確かに宣来子《のぶきこ》からの文にも、そんな噂《うわさ》があると記されていたな」

　妻女の名と思しきものを口にしたところで、ようやく書き物に区切りがついたらしい。道真は文几を押しやって、保積に向き合った。では、と保積が両手で捧げ持った文筥の蓋を半信半疑の顔で払うや、いきなり三尺（約一メートル）ほども後じさった。

「なんと。これは写しではなく、詔そのものではないかッ」

　と大声で叫び、その場にがばと平伏した。

「いかがなさいました、道真さま」

「愚か者ッ。詔を前に無駄口を叩くな。唾が飛びでもすればいかがするッ」

　保積のような地方官人からすれば、帝とは顔も名も知らぬ雲の上の貴人にすぎない。有体に言えば、その人が本当に存在しているかすら確かめようがなく、存在を告げられたとて神仏を仰ぎ見るに近い感覚を覚える。

　だが都の要職を歴任し、帝その人にも幾度となく対面してきた道真にとっては、天皇とは何を措《お》いても敬うべき絶対的な相手なのだろう。詔を取り上げるその手は、目に見えて震えている。

　深々と低頭して詔を捧げ持ってから、道真は己の胸の前でゆっくりと黄紙を開いた。

「明神《あらみかみ》と御宇《あめのしたし》らす日本《ひのもと》の天皇《すめら》が詔《おおみこと》らまと——」

詔を読み上げ始めた道真の声は、耳を澄まさねば聞こえぬほど小さい。その躊ためらいのない流暢《りゅうちょう》な音吐《おんと》に、保積は一瞬、自分がすでに府庁の中庭に平伏して、音読される詔書を聞いているような気がした。

「七月庚午《かのえうま》を以《もっ》て、昌泰四年を改め、延喜元年と為《な》す。御代の年号改め換《か》うは、一は辛酉の歳の為なり、一は老人星の為なり」

独特の抑揚とともに読み上げられる声は心地よく、聞いているだけで眠りの波にさらわれそうだ。とはいえここでうたたねなどすれば、どんな叱責を喰《く》らうか分からない。保積は神妙に頭《こうべ》を垂れたふりで簀子に両手をつき、こみ上げる眠気に堪えた。

「また古を案ずるに、高野《たかの》天皇天平宝字《てんぴょうほうじ》九年、逆臣藤原仲麻呂《ふじわらのなかまろ》誅《ちゅう》され、即《すなわ》ち改元して天平神護《じんご》と為す。然《しか》るに則《すなわ》ち、昨今、鯨鯢《げいげい》恩徳に叛《そむ》きて政を喰らわんと欲し、すでに西海に沈む。ゆえにここに先代の恒典《こうてん》に倣いて、元を改む……」

強風に吹き散らされたかの如く、道真の声が急にすぼむ。不審を覚えた保積の耳を、「鯨鯢じゃと——」という呻《うめ》きが叩いた。それまでの躊躇《ためら》いのない朗読が信じられぬほど乾き切った、呆然《ぼうぜん》とした声音であった。

「わしが……わしが政道を喰らわんとした鯨鯢だと。この詔はさよう申すのか。海のあらゆる魚を丸呑《まるの》みする大悪の生き物たる鯨だと、天下に布告せんとするか」

高野天皇、すなわち孝謙《こうけん》女帝は東大寺を創建した聖武《しょうむ》天皇の娘。まだ都が奈良にあった昔、藤原仲麻呂はその女帝の寵愛《ちょうあい》に背いて挙兵し、太政大臣の高位にあったにもかかわらず、近江国《おうみのくに》・鳰《にお》の海（現在の滋賀県琵琶湖）の岸で斬首された。

つまりこの詔は先に挙げた二つの理由の他に、藤原仲麻呂誅殺後に改元が行われた故事を挙げ、今回はその前例に倣ったとも付け加えている。そして、帝の恩に背いて政を奪おうとし、すでに西海に葬られた鯨とはすなわち――。

（――まずい）

確信が胸を貫き、一瞬にして眠気が吹っ飛ぶ。保積が顔を上げる間もあらばこそ、「ふざけるなああッ」との怒号が、対屋に雷鳴の如く響き渡った。床板を踏み鳴らして道真が跳ね立ち、両足で地団駄を踏んだ。

「わ、わしは断じて鯨鯢なぞではないわッ。ましてや藤原仲麻呂の如く、政の簒奪《さんだつ》を試みたわけでもなければ、帝を弑《しい》し奉ろうとしたわけでもないッ」

かっと見開かれた道真の双眸《そうぼう》は血走り、黄紙を握りしめた手は節が白くなるほど力が込められている。その両手が大きく閃《ひらめ》いたかと思うと、耳障りな音とともに詔書が真っ二つに引き裂かれた。

ああぁッと言葉にならぬ叫びを上げて、保積は道真にしがみついた。免官の二文字が黄紙同様の鮮やかかさで、保積の脳裏に明滅した。

「お、お待ちくださいッ。どうか落ち着いてくださいませッ」

「これが落ち着いていられるかッ。この詔はわしを藤原仲麻呂に等しい大悪人だと申しているのだぞッ」

喉も裂けよとばかりの大音声《だいおんじょう》とともに、道真は更に詔を四つ八つと重ねて引き裂いた。保積の悲鳴にはお構いなしにそれを両手で揉《も》みしだいて丸めるや、「おのれッ」と庭に向かって投げつける。ひらひらと舞い落ちる黄紙の明るさが、この場にはふさわしくないほど長閑《のどか》であった。

「何が延喜だ。何が老人星だッ。朝堂《ちょうどう》の奴《やつ》らはわしを大宰府に放逐したばかりでは飽き足らず、この身を改元を行わねばならぬほど不吉な輩《やから》だと名指ししたかっただけではないかッ」

詔は北は陸奥《むつ》から南は薩摩《さつま》まで、各国の国司《こくし》に向けて送られ、それぞれの国衙《こくが》で働く官人全員の前で音読される。都の朝堂においてもそれは同じであり、いわば詔に記すとは、日本の全官吏に向けて告げ知らせるのも同然の行為である。

ええい放せッと肩を蹴られ、保積はその場にがくりとうなだれた。

やられた。小野葛絃の目的は改元そのものではなく、この「鯨鯢」の一言を道真に知らせることだったのだ。道真が改元当日までそれを知らず、則天門外に掲示された詔の写しを目にして大暴れすれば、一大事となる。保積が詔全文に目を配るほど図太い男ではないのをいいことに、黙って使いとして送り出し、今日のうちに道真の怒りを噴出させんとしたのに違いない。もっともそれで詔が破られるとは、さすがに見込み違いだっただろうが。

「いかがなさいました、道真さま」

ただ事ならぬ気配を察したのか、安行がけたたましい足音を立てて簀子を駆けて来る。だが道真はそれには目もくれず、今度は机の上に置かれていた書きかけの文をぐしゃぐしゃに揉みしだいた。そればかりでは怒りが収まらぬのか、文几に置かれていた筆硯を乱暴に薙《な》ぎ払う。庭に落ちた硯《すずり》が耳障りな音を立てて砕け散り、真っ黒な飛沫《しぶき》が庭の苔《こけ》を汚した。

「おのれ、左丞 相《さじようしよう》（左大臣）時平《ときひら》めッ。そうまでしてわしを貶《おとし》めんとするかッ」

道真は高欄を乗り越え、裸足《はだし》のまま庭に飛び降りた。まるでそこに政敵である藤原時平が倒れているかのように、細かな紙片と変じた詔をぎりぎりと踏みにじる。

保積ははっと我に返り、階を一段飛ばしに庭に駆け下りた。道真の足元に這いつくばり、庭じゅうに散った黄紙の成れの果てを両手でかき集める。それでもなお紙片を蹴散らそうとする道真の腰に再度取りすがり、「おやめください、道真さま」と叫んだ。

「この詔はまだ発せられていないのです。明日、大弐さまが我らの前で読み上げられるものなのですッ」

「ふざけるなッ。かような偽りの詔を、官吏の前で述べさせてなるものか。安行、火を持てッ。一片残らず、燃やし尽くしてくれるッ」

「どうしたッ。何事だッ」

野太い叫びとともに、今度は眉を吊《つ》り上げた葛根の姿が渡殿《わたどの》に現れた。何が起きたのかをまだ理解しておらぬ安行が、なおも揉み合う葛根と道真をおろおろと見比べる。

夕風が出てきたのか、保積が集めたばかりの紙片がはらはらと舞い、秋枯れを始めた庭を残酷なほど色鮮やかに彩った。

第二章　玉の梟《ふくろう》

自慢ではないが、人に褒められることには幼い頃から慣れっこであった。

わずか八歳で父を失い、妹の恬子《しずこ》ともども伯父・小野葛絃《おののくずお》のもとに身を寄せた際には、

「さすがは気骨者と名高い野宰相《やさいしょう》（小野篁《おののたかむら》）さまの孫。涙一つ見せぬとは、雄々しいことじゃ」

と周囲から褒めそやされた。

十八歳で初めて近衛府《このえふ》に出仕した折には、文武両道に長《た》けた若き将曹《しょうそう》・小野葛根《くずね》を一目見んと、宮仕えの女房が次々と衛府の詰所に押し寄せもした。

何せ男だけに、自らの顔などしげしげと眺めたことはない。ただ妹の恬子は当時の帝の妹・為子《ためこ》内親王の女孺《にょじゅ》として出仕するや否や、内裏《だいり》屈指の美女の誉れをほしいままにしたし、実際、早世した父母の容貌もなかなか見目麗《みめうるわ》しかった記憶がある。おかげで出仕以来、そこここの女君から送られてくる色文は引きも切らず、相役の武官たちから「うちの妹を娶《めと》らぬか」「いや、わが娘を」と声をかけられた折も数知れない。

そんな中で一昨年の春、着任したばかりの上役と酒席で悶着《もんちゃく》を起こし、近衛府将曹の職を辞すに至ったのは、葛根にとってほぼ初めての失態であった。

とはいえ葛根はもともと、出世にさして関心がない。都に居づらいのであれば、しば

らくは大宰大弐《だざいのだいに》に任ぜられたばかりの葛紘のもとに行き、のんびり英気を養えばいい。なにせ西の遠《とお》の朝廷《みかど》たる大宰府は、異国の風吹き込む清新なる土地。しかも官吏の大半は累代大宰府庁に勤める庁官《ちょうかん》と聞くだけに、都から下った自分は伯父の補佐さえ務めればいいはずだ。――さように考えればこそ、自分は遠い大宰府への転任を願い出たのに。それがなぜ、こんなことになっているのか。

大宰府正殿《せいでん》の階《きざはし》の脇に威儀を正して立ちながら、葛根は昨日から何度目になるか分からぬ溜息《ためいき》を飲み込んだ。

政庁の中庭には色とりどりの官服に身を包んだ官人たちが居並び、朝陽を横頰に受けながら神妙に頭を垂れている。檀紙を手に、正殿の堂宇《どうう》で詔《みことのり》を読む小野葛紘の声だけが、広い庭にこだましていた。

澄んだ秋の陽射しが眩《まばゆ》いほど照り付けるせいで、正殿内はかえって薄暗く、葛根の眼に葛紘の表情はほとんど分からない。ましてや胸の前で広げられた檀紙の色ともなれば、なおさらであった。

「本日、七月庚午を以て、昌泰四年を改め、延喜元年と為す。御代の年号改め換うは、一は辛酉の歳の為なり、一は老人星の為なり」

通常の儀式であれば、大宰大弐は整列した官人からその姿が見えるよう、正殿を囲む庇《ひさし》に立つ。それがあえて薄暗い堂宇に身を隠し、こうもこそこそと詔を述べねばならぬとは。

腹立たしさを堪えて見回せば、ずり落ちそうな烏帽子《えぼし》を片手で支えながら、こちらをうかがっている中年の官吏がいる。葛根の眼差しにあわててうつむいた彼が少典《しょうさかん》・龍《たつ》野保積《ののほづみ》であると気づき、葛根は今度こそ大きな吐息をついた。

（まったく、忌々《いまいま》しい――）

あの男さえ、菅原道真《の》のお守《も》りをしっかり務めていたならば。そうすれば葛絃とて改元を宣べるに当たって、こんな小細工を弄する必要もなかったのだ。

葛絃がいま、鹿爪らしい顔で広げているのは、府庁の倉から引っ張り出してきたただの紙。葛絃が正殿から一歩でも出れば、誰もがその紙の白さに気づいてしまうだろう。だがなにせ道真が詔を破り捨ててから今日の布告まで、半日もなかったのだからしかたがない。

小間切れにされた詔の内容のうち、「延喜」という新元号と改元の主たる理由を、葛絃や保積が覚えていたのは不幸中の幸いであった。ただ道真の激怒の原因となった「鯨鯢」の文言については、二人の記憶に少なからぬ食い違いがあった。一方で葛絃の他に唯一、詔のすべてに目を通した道真はといえば、黄紙を破り捨てた直後から南館の自室に引きこもり、呼べど叫べど出てこない。

このため現在、葛絃が読み上げているのは、保積・葛絃双方の記憶を頼りに書き上げた詔の前半部分のみ。過去の改元例やその詳細についてくどくどと記されていたであろう後半はばっさりと省略されたため、先ほど始まったばかりの詔の布告はすでに終わりに差し掛かりつつある。

「――詔書、上の如し。請《こう》らくは詔を奉じ、外に付けて施行せむと、謹み謹み言《もう》す」

普段の詔に比べ、あまりに内容が短いと感じたのだろう。唐突に締めくくりの言葉を述べた葛絃に、官人たちの肩が小さく揺れる。

さざ波を思わせるその揺れは、昨日、怒号に驚いて駆け付けた南館の庭に散乱していた黄紙の欠片《かけら》を思わせる。葛根はまたもこみ上げてきた溜息を堪え、唇を引き結んだ。

葛根が近衛府の武官として出仕していた頃、菅原道真は当時帝位にあった定省《さだみ》（宇多《うだ》天皇）の厚い信頼のもと、めざましい出世を続けていた話題の能吏であった。学者の家の出でありながら国政に携わり、左大弁《さだいべん》、大納言、そして右大臣とほんの数年で驚くべき栄達を果たしたあの道真が、これほど己の感情のままに動く男だったとは。

右大臣は左大臣に次ぐ、太政官の顕職。左大臣が空席の際には、代わって国政を主導しもする重任だけに、一夜にして大宰府へと追いやられるに至った道真の悲哀は理解できぬでもない。しかしながら一方でそんな権帥の身柄を預かる大宰少弐の立場から言えば、余所目も憚《はばか》らずに怒り狂い、府庁の政すら妨げる激情ぶりは迷惑極まりない。なまじこのところ、道真の知才に感じ入っていただけに、突然の道真の激昂《げきこう》が葛根にはつくづく腹立たしかった。

今回はたまたま糊塗できたものの、もし誰もその文面を知らぬまま詔が破り去られていたならば、葛絃は大宰府を預かる大弐として、京から厳しい叱責を受けていただろう。場合によっては大宰大弐の職を解かれ、どこかの閑職に左遷されたかもしれない。

だが同時に現在大弐の任にあるのが小野葛絃でなかったならば、道真は南館から一歩も出ることを許されず、いまだ日々激しい憂憤にのたうち回っていたかもしれない。それだけにいくら詔に激怒したとはいえ、葛絃を危うい目に遭わせかけた道真に、葛根は身内が震えるほどの怒りを覚えていた。

何事にも動揺を見せぬ葛絃は、詔が破られた旨を葛根が告げても、「まあ、そういうこともあろうて」とわずかに眉根を寄せて呟いただけであった。

とはいえ詔はこの後、西国の管内諸国へと送られ、その後、京に戻る定めである。葛絃によれば、諸国国司はこの数年で着任した新任者ばかりだけに、これまで詔を目にした者はいない。また都に戻された詔はその後、すぐに宮城内の蔵に納められるため、余程のことがない限り、わざわざ黄紙を改めることはないという。

そんなわけで葛絃は昨夜のうちに府庁内で用いる紙を作る作紙所の漉子《すきこ》に言い含め、黄紙に似せた黄蘗《きはだ》混じりの紙を漉《す》かせている。紙が出来次第、詔書の文面をしたため、西国の管内諸国へと送る手筈《てはず》であった。

都に知られれば、これまた左遷間違いなしの大罪だが、どのみち本物の詔は破り捨てられてしまったのだ。「ならばこれより他、手はあるまいて」と苦笑する伯父の胆力を心強く思う一方で、だからこそ少弐《しょうに》たる自分が葛絃を支えねばとの思いがひたひたと胸に迫る。

堅苦しい儀式の後は酒宴が催されるのが、政の慣例。檀紙を捧げ持ったまま葛絃が正殿から去るや否や、中庭には次々と酒壺《さかつぼ》が運び込まれ、官人の列から歓声が上がった。そんな人々の中に保積の顔を見出しながら、「あの男では駄目だ」と葛根は声に出さずに呟いた。

左遷の怒りと悲しみに我を忘れていた道真をなだめすかし、まがりなりにも人間らしい生活を営ませるに至ったのは、確かに保積の功だ。とはいえ官位にあまりに隔たりがあるせいか、保積は道真に対して常に及び腰で、昨日のような騒ぎになった際、強引に彼を抑えられない。

平城《へいぜい》天皇の第一皇子であった阿保《あぼ》親王、その息子たる在原行平《ありわらのゆきひら》……過去に大宰府に左遷された人々は、早ければ三年程度、長くても十数年後には赦《ゆる》され、都に戻っていった。つまり道真とていずれは権帥の任を解かれて帰京するだろうが、あの様子ではその間にまたどんな騒ぎを起こすか知れたものではない。

ならばこれ以上、葛絃に迷惑をかけぬためにも、ここは自分が道真を御すしかない。

そう自らに言い聞かせた葛根の鼻先に、不意に甘い酒の香が漂ってきた。

ぴくりと鼻を蠢《うごめ》かせて目を上げれば、公文所大典《だいさかん》である秦折城《はたのおりき》が丸い顔に追従の笑みを湛《たた》えている。差し出された素焼きの盃をとっさに受け取った葛根に瓶子《へいし》の酒を注ぎ、

「それがし如きの酌で申し訳ありませぬなあ」と気弱げに詫《わ》びた。

「すでに皆、酒肴を頂戴しておりますのに、少弐さまだけが難しい顔でたたずんでおられましたもので。いやはや、それにしても新しい元号はまたひどく縁起のよさげな名でございますな。五穀豊穣《ほうじょう》、天下安寧は間違いありますまい」

すでに中庭のあちこちでは庁官はおろか寄人・下部までが車座になって、思い思いに酒を酌み交わしている。

ささ、こちらもどうぞ、と折敷《おしき》に乗った干し魚を勧めようとする折城の胸元に、葛根は酒の満たされた盃を強く押し付けた。

あまりに力を込めたせいで酒が手にこぼれ、甘い香りがますます強く立ち込める。口の中に湧き上がってきた生唾を、葛根は強引に飲み下した。

「ありがたいが、わたしは酒は飲まん。代わりにおぬしが干してくれ」

「なんと。それはまったく存じ上げませず、大変なご無礼をつかまつりました」

恐縮しつつも嬉しげに盃をあおる折城から、葛根は無理やり目をもぎ離した。

口中から鼻に抜ける酒の香、喉の奥を焼き、胃の腑《ふ》を満たすその熱さが、否応なしに

思い出される。だが近衛府の職をなげうったあの日、二度と酒は飲まぬと誓ったのは他ならぬ自身だ。

思いがけず間近で酒の香を嗅いだせいだろう。豊潤なその匂いが、投げ捨ててきた内裏での日々を蘇《よみがえ》らせる。怒号とともに床に瓶子を叩きつけた近衛中将の青ざめた顔、落ち着けと口々に叫びながら自分を取り押さえた同輩たち。そんな自分の爪先をひたひたと濡《ぬ》らした白い酒。

葛絃とは一面識とてなかった癖に、「父親とは比べようもないぼんくら」と陰口を叩いた近衛中将には、いまだに腹を立てている。前左大臣の婿だか甥《おい》だか知らないが、実力ではなく縁故で中将職を得たひょろ長い顔に拳を叩き込んだことを、反省しているわけでもない。ただそれが熟考の末の行為ではなく、酒の酔いに任せた暴力であったのもまた事実。だいたいどうせ殴るのであれば酒の力を借りるのではなく、素面《しらふ》で狙いすました一発を食らわせるべきであった。

あれから二年も経《た》ったせいで、もはや酒が欲しいと思う折は皆無に近い。ただそれでも今の如く、突然、目の前に酒杯を突き出されれば、心よりも先に喉がそれを欲してやまない。

そんな自分をごまかさんと、葛根は無理やり思念を酒からもぎ離した。そういえばこの大典《だいさかん》は龍野保積の上役だった。そう考えながら、太い眉が目立つ折城の丸顔を見下ろした途端、折城がしきりに目をしばたたかせながら「ところで」と語を継いだ。

「下官たちが噂しておりましたが、間もなく都から博多津《はかたのつ》に唐物使《からもののつかい》が下向なさるそうですな。そうなるとつまり、先月の始めに湊《みなと》に入った劉《りゅう》なにがしとやら申す海商の荷が、都に奉られるわけでございますか」

「早耳だな。唐物の御使は今月十日に都を発《た》たれたはずだ。あと数日で大宰府に着かれよう」

懐から取り出した手巾《しゅきん》で掌を拭う葛根に、「それはそれは」と折城は嬉し気に相槌《あいづち》を打った。

大宰府の北西に位置する博多津は、唐・新羅を始めとする諸外国の商人が多数来航する官港である。浜に面した大路には唐物商《からものあきない》が多く軒を連ね、更にそのぐるりを船子相手の宿屋や飯屋、訳語《おさ》（通訳）を手配する訳語屋や、遊行女《うかれめ》が白い手をひらめかせて客を招く遊里が取り巻いている。唐語、新羅語はもちろん、時には吐蕃《とばん》・突厥《とっけつ》の言葉までが飛び交い、けたたましい銅鑼《どら》の音や異国の歌が鳴り響く、日本一の湊であった。

そんな博多津では、交易はすべて官によって管理されており、異国の商船が入港した際には、まず外交や交易を担当する大宰府蕃客所《ばんかくしょ》の官人が綱首《こうしゅ》（船長）に来航の目的を問う。その上で商船が差し出した過所《かしょ》（唐国発行の渡海許可証）や船員の名簿・積み荷の目録をとりまとめ、聞き取った来航理由とともに都の内裏に報告する。大抵の場合、その後の商船とのやりとりは大宰府に一任されるため、まず蕃客所が荷の中から官品を買い上げ、その後、ようやく博多津での民間交易が商船に許される定めであった。

ただ舶載の唐物があまりに上質であった折には、報告を受けた朝廷が荷を購入すると言い出すこともある。その際は京の蔵人所《くろうどどころ》から唐物使なる官人が派遣され、蕃客所に代わって商船の応対に当たるのであった。

先月二日に博多津に渡来した唐国商人・劉応衛《おうえい》の船は、記録によれば七年前にも博多津に入り、豹《ひょう》・虎の皮や瑪瑙《めのう》で拵えられた壺、帯飾りの類《たぐい》を唐物使が買い上げた商人である。今回の荷は前回とはまったく異なり、繧繝《うんげん》や羅《うすぎぬ》、浮《ふ》線綾《せんりょう》といった豪奢な織物が大半と聞いている。

唐物使が官品を購入する際の値は、民間の唐物商が付ける値とは比べ物にならぬほど安い。とはいえ唐物使が選んだ品々は、京においては天皇の御物《ぎょぶつ》となる。このため京進する品々が安く買い叩かれたとしても、同じ船に積載された荷には大変な箔《はく》がつき、値が数倍にもはね上がる。船荷すべてで計算すれば、安値でも唐物使の買いつけを受けた方が、海商には多大な利がもたらされるのであった。

一方で博多津の唐物商もまた、帝の御物と同じ船で来航した唐物はぜひとも扱いたい品。それだけにかの地の商人たちはすでに唐物使下向の噂を摑み、どうにか残る船荷を買い受けるべく、劉応衛に接触を試みているに違いない。

要らぬ混乱を避けるため、大宰府庁では唐物使下向の有無は一部の官人しか知り得ぬ密事として扱われている。それにもかかわらず、すでに府庁内にその噂が広まっていることに、葛根は眉をひそめた。

大宰府の人々は貴賤《きせん》を問わず他者との距離が近く、よく言えば鷹揚《おうよう》、悪く言えば蕪雑《ぶざつ》なところがある。葛絃や葛根の如く、都から下向した官人はともかく、府庁に累代勤める庁官たちは互いに地縁血縁で深いつながりを有しており、よほどの秘密でない限り、その口を塞ぐのは困難であった。

「唐物商どもが賑わえば、当然、津に落ちる銭も増え、博多津はますます賑わう道理でございます。これは今後のそぞろ歩きが楽しみですなあ」

だがにこにこと頰を緩める折城は、そんな屈託は全く覚えていないらしい。「おぬし、博多津にはよく出かけるのか」と問う葛根の声が尖《とが》ったことにもお構いなしに、いいえ、そんなと首を横に振った。

「頻繁というほどではございません。ただ二月《ふたつき》ほど前でございましょうか。ふらりと立ち寄った博多津の唐物商で、それはそれは美しい秘色《ひそく》の碗《わん》を買い求めまして」

秘色とは唐の南方、越州《えつしゅう》（現在の浙江省《せっこうしょう》紹興市《しょうこう》近辺）で焼かれる青磁独特の深い青緑色。華南はもともと磁器の産地で、婺州《ぶしゅう》（浙江省東陽市《とうよう》）や岳州《がくしゅう》（湖南省《こなん》岳陽市《がくよう》）など各地に窯が存在するが、中でも越州で焼かれるそれは他にはない秘色の美しさが尊ばれ、大宰府はもとより都でも人気の逸品である。

今年五十二歳の秦折城は、肥前《ひぜん》（長崎県および佐賀県）国府から大宰府に出向中の官吏。そんな彼でも買い求められたのだから、秘色の碗といったとてさして上等の品ではあるまい。とはいえ妻子に先立たれ、仕事ひとつを心のよすがに生きていると聞く老齢の彼からすれば、初めて手にした唐物は万金にも代えがたいのだろう。葛根が尋ねてもおらぬのに、身振り手振りを交えて碗の自慢を始めた。

「碗の口がこうぽってりと厚く、それが何とも言えぬ愛らしさを醸し出しておりましてな。薄い釉薬に、わずかに胎《たい》に線刻された蓮《はす》文様。どれ一つを取っても、わたしのような鰥《やもめ》夫暮らしにはもったいないほど美しい碗なのでございます」

「そうか。それはよかったな」

大宰府着任後にある程度学びはしたが、葛根は唐物にまったく関心がない。だが葛根のそっけない相槌には気づかぬまま、「されど、我が家の調度は棚にしても櫃《ひつ》にしても、簡素極まりない品ばかりでございましてなあ」と折城は弾んだ口調で続けた。

「せっかくの秘色碗を飾ってやろうにも、粗雑といったらありませぬ。ならばせめて美しい裂《きれ》なぞ買い求め、敷物を拵えてやりたいと思っていたところに来たのがこたびの海商。ほんの一尺二尺で構わぬゆえ、唐物使さまの検領《けんりよう》（京に奉る唐物の選出）が終わった後には、同荷の綾錦《あやにしき》を手に入れたい旨、すでに馴染《なじ》みの唐物商に頼んでいるのでございますよ」

馴染みの唐物商との言葉に、葛根は眉端をぴくりと動かした。

海外から渡来した文物を商う唐物商は、博多津では百軒を超える。京に出店を持ち、都の大寺・高官を多く顧客とする老舗から、その辺りでかっぱらってきた駄器を唐物と言い張って商う詐欺まがいの店まで、店の良しあしは玉石混淆《ぎょくせきこんこう》。折城のような唐物の初心者が下手な店の馴染みとなり、偽物を摑まされたなら、目も当てられない。

だいたいこういった真面目な男ほど、女でも博奕《ばくち》でも、一旦のめり込むと危ういのだ。折城一人が有り金をつぎ込み、破滅するのは構わない。ただその結果、府庁の財物に手をつけでもすれば、これまた大弐たる葛絃に迷惑がかかる。

しかしながらそれとなく馴染みの店の名を問うた葛根に、折城はなんの警戒もなくますます頰を緩めた。

「ああ、善珠堂《ぜんじゅどう》でございますよ。府庁にもしばしば参上しておりますので、少弐さまもよくご存じでございましょう。それがしの如く唐物に暗い者には、ああいった実直な店は助かります。あれこれ物の買い方も教えてくれますので」

「なるほど、それは道理だな。善珠の店であれば、万に一つも誤りはあるまいて」

博多津の西端、高麗坊と呼ばれる町辻で善珠なる翁《おきな》が営むそれは、博多津の唐物商の中では珍しいほど規模の小さな店。さりながら店主の人の好《よ》さと商う品物の質の高さから、もう二十年も昔から大宰府庁への出入りが許されている信頼厚い店であった。

「さようでございますとも。なにせ善珠はあの通りの好人物でございますから。正直、それがしが買い求めた唐物碗も、久寿屋《くすや》や砡斎《ぎょくさい》といった大店《おおだな》であれば、到底手が届かぬ高値であったでしょう」

大宰府屈指の唐物商の名を上げ、折城は薄い眉毛を器用に上げ下げした。

海外からの船が多く出入りする博多津では、唐人や高麗人の船子を父とする混血児が毎年多く生まれる。何分、異国の者が多く居住する地だけに、混血であること自体は、生きる上でなんの不便もない。ただ問題は、彼らの父親の中には帰国の途に就いた後、二度と博多津に戻って来ぬ者が少なからずいるのは事実で、頼るべき相手を失った女が子どもを捨てたり、はたまた病で母親を失った子が路頭に迷う例はひきも切らなかった。

かれこれ百年も昔、博多津の富商たちは協議の末、そんな子らを養う施行所を拵え、それぞれが負担にならぬ範囲で銭を喜捨したり、奉公人たちを遣わしたりしている。孤児たちの多くが、唐物輸入に伴って産まれた子らであると承知していればこその善行であった。

善珠はそんな施行所に進んで喜捨を行うばかりか、孤児のうち年嵩《としかさ》の者を一人あたり三年と決めて店に雇い入れ、その後の身の振り方まで計らってやっている。銭や食い物を与えこそすれ、子どもたちの将来まで案じる商人は稀《まれ》なだけに、「仏の善珠」の名は大宰府の人々の間でも広く知られていた。

一方で道真が目利きに身をやつして働く橘花斎《きつかさい》は、隠居たる幡多児《はたご》の吝嗇《りんしょく》ぶりで名高い唐物商。どれだけ他の商人から促されても、孤児たちのためには一文の身銭すら切ろうとせぬ点は、まさに善珠とは正反対であった。

道真もいっそ悪名高い鬼婆《おにばば》が幅を利かせる橘花斎ではなく、仏の善珠の店で働いてくれれば――と考えかけ、葛根は胸の中でいやいやと首を振った。幡多児が博多津屈指の守銭奴であればこそ、たまたま雇い入れた道真こと菅三道《かんさんどう》をわが店で抱え込んで離さぬのだ。これが善珠であったなら、それほどの人物を市井に埋没させるのは惜しいと言い出し、蕃客所にでも出仕を勧めたかもしれない。そうなれば道真の外出が公になり、葛絋は監督不行き届きとしてこれまた内裏から叱責を受けていた恐れもある。

楽し気に酒を酌み交わす官吏たちをぼんやり眺めながら、「もし、わたしが保積であれば」と葛根は思った。

そもそも道真を博多津なぞに行かせなかったし、勝手な目利き働きも許さなかった。そう思うと道真をうまく御せぬ保積の不甲斐《ふがい》なさに、ますます腹が立ってくる。

葛根とて道真の知恵には、一目置いているのだ。しかし葛絋の立場を第一と考えれば、詔書を破却した大宰権帥をこのままにはしがたい。

そもそも左遷の身の道真が気随な暮らしを許されているのは、全て大弐たる葛絋の庇《ひ》護《ご》あればこそ。こんな悶着ばかり起こしていては、他ならぬその葛紘に迷惑がかかるのだと、誰かがはっきりと教えてやらねばなるまい。うむ、そうだ。そしてそれができるのは、自分しかおらぬではないか。

よし、と葛根が思わず大きくうなずいた時、「そういえば」と折城が素っ頓狂な声をあげた。

「ご下向なさる唐物使さまとご一緒に、大弐さまのご子息さまお二人も大宰府にお越しだそうですな。上のご子息は元服なさったばかり、弟君はまだ七つか八つの頑是なきお年とか」

「──それがどうした」

冷たい応えが我知らず口を突いたのは、それが今、葛根がもっとも耳にしたくない話題であるからだ。

すでに官吏たちまで知っているのか、との思いとともに、葛紘とよく似た少年たちの顔が脳裏を過《よぎ》る。

二年前、葛根が大宰府に下向すると決まった際、わざわざ都外れの羅城門《らじようもん》まで自分を見送りに来た好古《よしふる》と阿紀《あき》。あの兄弟が遂《つい》に、大宰府に来る。

京に残していた息子たちが父親を慕い、はるばる任国を訪れる。それは決して不思議な話ではないし、葛紘の胸中を思えば喜ぶべき話なのだ。──だが。

「葛絃さまも久方ぶりの再会を、さぞ心待ちにしておられましょうなあ。われら庁官もなるべく大弐さまをお騒がせせぬようにして、ゆっくり団居《まどい》の時をお持ちいただこうと話し合っているのでございますよ」

「そうか。済まぬが用事が出来た。みなはゆっくり飲むといい」

　折城を遮る口調が、自分でもどうしようもなく尖る。その事実に嫌悪すら覚えながら、葛根は小走りに中庭を駆け抜けた。

　好古は一昨年から、帝の中宮に仕える中宮職《ちゅうぐうしき》の少属《しょうさかん》として宮仕えをしている。そのため兄弟の大宰府滞在は、長くともひと月か二月程度だろう。それでも単身でのこの地への下向を選んだ葛絃は、二年ぶりの息子たちとの再会を指折り数えて待っているに違いない。だが頭では喜ぶべきことと分かっていても、胸の中はまるで割れ竹の如くささくれ立っている。

　兄弟の下向を知らせる文が葛絃のもとに届いたのは、先月末。笑み崩れた葛絃からそれを知らされて以来、ずっと自分の中にわだかまり続けているこの感情が何か、葛根にはよく分かっている。

　その事実をどうにも認めたくなくて、葛根は息を切らせながら、政所の庁舎に駆け込んだ。腰に帯びていた飾剣《かざりたち》を乱暴に外し、儀式用の錦の帯を普段使いの組帯に取り換える。こうなれば自分が葛絃の役に立つと証《あか》するためにも、道真に二度と昨日のような真似をせぬと約束させねば。

だが中庭から聞こえてくる賑わいに気もそぞろな面持ちの衛士のかたわらをすり抜けて則天門を出れば、大弐の改元布告と同時に貼り出された榜示のぐるりに黒山の人だかりが生じている。

「いったい何が書いてあるんだよ。誰か分かる奴はいねえのかい」

「先ほどそこの衛士が申していたが、年号が新しく変わるそうじゃ。小難しいことは要らぬゆえ、誰かその元号だけでも教えてはくれぬかのう」

戸惑いを含んだそんなやりとりが、火照った葛根の頭をわずかに覚ました。

いくら詔を簡略化したとはいえ、榜示に貼られているそれは四角四面な漢字の羅列。目に一丁字《いっていじ》もない庶民がすらすら読める類のものではない。

「おおい、誰か字の読める者はおらぬのか」

そんな叫びに応じ、「どうれ、ちょっと通してくれ」と妙に体格のいい青年僧が一人、人垣をかき分けて前に出てきた。分厚い胸板を反らして榜示を仰ぎ、大きな唇を不快そうに歪《ゆが》めた。

「まったく、官のやることといったら、いっつもこれだ。さも衆庶《しゅうしょ》のことを考えているような面をして、その実は皆目分かってはおらん。こんな堅苦しい詔なぞ、誰が読み下せるものか」

禿頭《とくとう》のためにはっきりしないが、年齢は恐らく葛根と同じぐらいだろう。なあ、と同意を求めて振り返った僧侶の眼が、人垣の後ろに立つ葛根のそれとかち合う。

黒漆塗の烏帽子《えぼし》に錦の襴《らん》、六位の官位を顕《あらわ》す深緑色の官服をまとった葛根の姿に、大宰府に勤める官吏と察したらしい。僧侶は小馬鹿にした面持ちで鼻を鳴らした。

「これで民草のためを思うているとほざくのだから、思い上がりもいいところだ」

と聞こえよがしに声を高めた。

「それならばまだ、自分たちは百姓については何も知らんと言われた方が、こちらとしては気分がいいぐらいだ。間違った親切を焼いて、どうだ、官はおぬしらの身を案じているのだぞと大きな顔をされることほど、腹の立つ話はないからなあ」

泰成《たいせい》さまだ、久爾《くに》・明瓊寺《めいけいじ》のご住持《じゅうじ》だ、との囁きが、人垣のそこここから沸き起こる。そこに含まれた尊敬の気配に、葛根は苛立たしい思いで顔を背けた。

久爾は大宰府と博多津のちょうど中間にある郷《さと》。明瓊寺はその村外れに建つ荒れ寺で、確かこの数年は出自も定かならぬ僧が、住職面で堂宇を守ると聞く。

つぎはぎだらけの法衣《ほうえ》にこれまたつくろいの目立つ袈裟《けさ》をかけた泰成の姿は、確かにいっぱしの僧侶らしい威厳を漂わせている。しかし僧とはそもそも公の許可を得て出家するものであり、寺を移るに際しても当然、寺院同士の手続きが要る。ならば知らぬ間に明瓊寺に住み着いた坊主なぞ、およそ信頼できたものではない。

「いいか。まず新しい元号は延べるに喜ぶと書いて延喜という、とある。本日七月十五日を以て、昌泰四年は延喜元年になるという次第だ」

泰成の声は淀《よど》みがなく、詔の内容を正確に読み取っている。それがいっそう忌々しく、葛根は地面を踏みつけるに似た足取りで大路を南へと向かった。

だがたどり着いた南館の四脚門は固く閉ざされ、どれだけ叩いても返事がない。おかしい。いくら道真が意に染まぬ詔に腹を立てていたとしても、実直だけが取り柄の味酒《うまさか》安行《やすゆき》までが訪《おとな》いの声に知らぬ顔をするものか。

嫌な予感を覚え、葛根は南館の裏手へと回った。往来の人通りが少ないのをいいことに裏門を乱暴に拳で叩き立てていると、やがてぎいと微《かす》かな音とともに板戸が開いた。

「父さまはお留守よ。安行も供をしていて出かけているわ」

汗衫《かざみ》の袖を揺らし、年に似合わぬこまっしゃくれた口を叩いたのは紅姫《べにひめ》であった。

「お留守だと。昨夕は、そんな気配は微塵《みじん》もなかったではないか。どこにお出かけになったのだ」

「さあ、あたしは知らないわ。とにかく今朝早く、いきなり出かけるぞと喚き出され、安行を引きずるようにしてお出かけになったんだもの」

葛根は子どもが苦手だ。かつては自分とて童《わらべ》だったと頭では分かっているのだが、それでもちんまりとした体軀の中に大人と同じ五臓六腑が詰まり、子どもなりの論理で生きる彼らに不気味さすら感じる。しかし今ばかりは、不得手とも言ってはおられない。葛根はその場にしゃがみこみ、紅姫と目を合わせた。

「済まぬがよく思い出してくれ。これまでもそういうことはあったのか」

「お出かけならしょっちゅうよ。その後は決まって、安行に山ほど荷物を抱えさせてお戻りになるわ。それから持ち帰った壺やら画幅やらを屋敷じゅうに並べて、気難しい顔でそれをご覧になるの」

「なるほど。それでよくわかったぞ」

道真が初めて大宰府に来た時、ろくな調度すらなかったはずの南館は、現在ではいたる所に唐物の入った櫃や箱が積み上げられている。それを手に入れられる場所はただ一つ。つまり道真の行先は博多津だ。

政の世から放逐された道真にとって、諸外国からもたらされる骨董《こっとう》書画や文房四宝、はたまた書籍類は、今や唯一といっていい心の慰め。そのため葛根が知らなかっただけで、これまでも道真は怒り哀《かな》しみに捕らわれる都度博多津に出かけ、ほうぼうの唐物商で手当たり次第の買い物に勤しんできたのだろう。

博多津の人々にとっては、遠い京都より、海一つ隔てただけの唐・高麗の方が身近である。それだけにかの地では、今日から新しい元号が用いられると知らされても、さして話題にも上るまい。改元による怒りと憂さを忘れたい今の道真にとって、博多津以上の外出先はないはずだ。

「突然押しかけてすまなかったな。だが、おかげで助かったぞ」

大宰府から博多津までは、徒歩で約二刻《とき》（四時間）。今から馬で追えば、博多津の手前で道真に追いつけるかもしれない。

朱雀大路《すざくおおじ》をあわただしく政庁へと戻れば、榜示の周囲には相変わらず十重《とえ》二十重《はたえ》の人垣がある。その中に先ほどの泰成の姿がないことにわずかな安堵《あんど》を覚えながら、葛根は政庁西の官厩《かんきゆう》から馬を曳《ひ》き出した。

政庁の駒はいずれも駿馬《しゆんめ》揃い。ただ、みなそろって気が荒く、乗り手を侮ってかかるのが難で、葛絃などはよほどのことがない限り手輿を用い、政庁の馬には乗らない。

厩番《うまやばん》の老爺《ろうや》を制して自ら馬具をつければ、いきなり厩から曳き出されたのが苛立たしいのか、葦毛《あしげ》の馬がしきりに足掻《あが》く。蹴散らされた泥が、葛根の袍《ほう》の胸元に飛沫となって降りかかった。

「危のうございますぞ、少弐さま。こ奴は確かに駿足でございますが、府庁一の暴れ馬。失礼ながら、文官でいらっしゃる少弐さまのお手には負えぬかと存じます」

「うるさい。これでも都にいた頃は近衛将曹を務めておったのだ。黙っていろッ」

厩番を一喝して強引に騎乗すれば、なるほど馬は手綱を取る端から首を振り、葛根を振り落とそうとする。それに無理やり笞《むち》をくれ、葛根は一目散に大宰府庁を飛び出した。

やがて行く手に見えてきた高さ三丈（約十メートル）の巨大な土塁と、その向こうに続く幅一町の濠《ほり》は、まだ大和《やまと》（奈良県）に都が置かれていた昔、天智《てんじ》天皇が大唐や新羅の侵攻に備えて築かせた水域である。

土塁に穿《うが》たれた門は、甲冑《かっちゅう》に身を固めた衛士たちが警固に立ち、往来の人々に目を配っている。政庁の御用だと言い放ってそれを駆け過ぎれば、目の前には途端に一面の平野が開ける。そのはるか彼方で眩《まぶ》しく輝く一本の線は、博多津の海のきらめきだ。

どれだけ抵抗しても振り落とせぬと悟ったのか、馬はいつしか素直に葛根に従い、矢の勢いで官道をひた走っている。背後へと駆け去る沿道の眺めに油断なく目を凝らしながら、

（近衛将曹、か——）

と、葛根は先ほどの己の言葉を反芻《はんすう》した。

京の六衛府の武官は、天皇を守り奉るのが勤め。それだけに葛根は初めて出仕した十八歳の日からこの方、一日たりとも打ち物の稽古を欠かしたことがない。その習慣は大宰府に異動し、少弐として葛絃の補佐に当たり始めても、何ら変わりはしなかった。

ただ都とは異なり、大宰府には当然、帝はいない。ならばこの地で自分が何を守らねばならぬかと考えれば、それは畢竟《ひっきょう》、伯父である葛絃である。

そもそも葛根と妹の恬子が今あるのは、父亡き後、葛絃が自分たちの後見に立ってく

れればこそ。葛根の任官も恬子の宮仕えも、すべて葛絃の骨折りによるものだ。

だからこそ武官の職を辞して大宰府に下った時、葛根はせめて葛絃だけでも守らねばと心に誓った。その人当たりの良さから周囲から軽んじられ、父たる従三位《じゆさんみ》左大弁・小野篁には到底及ばぬと嘲られる葛絃。そんな彼を懸命に支え、時には陰に回って憎まれ役まで引き受けてきたのは、父とも師とも仰ぐ葛絃を大切に思えばこそであった。

「――とはいえそれもこれも、あいつら兄弟が大宰府に来るまでの話だ」

自分に言い聞かせるように呟いた途端、激しい揺れで舌を噛《か》む。しかしその痛みは、今の葛根には心地よくすらあった。

この大宰府の生活は、未来永劫《えいごう》続くわけではない。国司を含め、諸国の守《かみ》に任ぜられた者の在任期間は、おおむね三年から四年が慣例。大宰大弐に着任してすでに二年目となった葛絃は、もはやいつ都に呼び戻されても不思議ではない。そうなれば当然、葛根もこの地にいる理由を失い、伯父とともに都に帰ることになろう。

そして都においては当然、大宰大弐と少弐という関係は失われ、葛絃は好古たちの父に、自分はただの甥に戻る。今のように公私ともに葛絃に従う日は、所詮、この地だけの幻なのだ。

いわば葛絃の息子二人の下向は、いずれ訪れる終焉《しゆうえん》の前触れ。それがよく分かっているだけになおさら、葛根は自分が伯父にできる事を探し求めずにはいられなかった。

見渡すかぎりの野面はいつしか大小の家々が点在する郷に代わり、往来を行く人々も増えつつある。ここまで来ても見つからぬとは、すでに道真主従は博多津にたどり着いているのやもと考えながら、葛根は馬の手綱を引いた。

鞍《くら》から下り、しきりに荒い息をつく馬の轡《くつわ》を取って博多津の街区に踏み入れば、釜鳴《かまな》りにも似た喧騒《けんそう》が途端に辺りを揺らす。船の出航を告げる銅鑼、けたたましい唐語の怒号、品物をかっぱらわれでもしたのか、眉を吊り上げて大路を駆ける商人……更に辻々《つじつじ》には昼間にもかかわらず遊行女が立ち、行き交う男にしきりに誘いの声を投げている。見るからに官人と知れる葛根の袖を引く不届き者はさすがにおらぬが、それでも媚《こび》を含んだその眼差しを疎ましく感じながら、葛根は馬の轡を取る手に力を込めた。

大路の果て、潮風が盛んに吹き付ける浜には大小の船が並び、中には間もなく船出とばかり、大きな筵帆《むしろほ》を膨らませているものもある。そんな船列から離れ、一艘《そう》だけ沖に投錨《とうびょう》しているひときわ大きな唐船が、先月、来航した劉応衛の商船だろう。唐物使の検領を終えるまでは、盗人を警戒してわざと湊に船を寄せておらぬのだ。

あの船が次に博多津に入るのは、唐物使が到着した時。それはつまり葛絃の息子の訪れをも意味する――と考えかけ、葛根はいかんいかんと軽く頭を振った。

自分は葛絃のために、こうして博多津まできたのだ。その息子たちの下向のあれこれなぞ、気に病んでいる場合ではない。

長い築地塀で囲まれた鴻臚館《こうろかん》のかたわらを行き過ぎ、唐物商が多く軒を連ねる界隈《かいわい》へと踏み入る。周囲の町辻に比べ、ひときわ異国語がよく耳をつく往来の真ん中から、さて、と四囲を見回した。

おそらく道真はこの一帯にいるのだろう。とはいえ一軒一軒の唐物商を端から捜し歩いては、それだけで日が暮れてしまう。

ならばここは、と橘花斎の暖簾《のれん》を撥ね上げれば、

「なんと、これは大宰少弐さまではございませんか」

とのがらがら声とともに、腰の曲がった小柄な老婆が凄《すさ》まじい勢いで駆け寄って来た。白髪をひっつめて結い、年に似合わぬ厚い化粧を施した顔ににたにたと笑みを浮かべたこの店の隠居、幡多児であった。

「突然のお出ましとはいかがなさいました。お声がけいただければ、婆《ばば》の方から政庁にうかがいましたのに。——これ、なにをしているんだよ。誰か、御馬をお預かりしな」

へぇッとの応えとともに飛んできた小僧が、無理やり葛根の手から馬の轡を奪う。そのまま店の裏手に連れて行こうとするのを止める暇もあらばこそ、「さて、今日は何がご入用でございます」と幡多児は葛根の腕を摑み、強引に店の三和土《たたき》に誘った。

「大弐さまのご自室にお飾りする書画でございますか、それとも政庁で用いる瓶子でございますか。ははあ、皆まで仰いますな。さては好いた女子《おなご》にお贈りになられる釵子《さいし》

（かんざし）か腕釧《わんせん》（腕輪）がご入用なのですな。すべてお任せくだされ、この婆が見繕って差し上げますほどに」

　これまで葛根は一度たりとも、幡多児と口を利いたことがない。それにもかかわらず立て板に水の勢いでまくし立てる老婆に気圧《けお》されながら、葛根はいたるところに木箱の積み上げられた店内を見回した。

　狭い店の壁際には数人の奉公人がうずくまり、藁くずの詰められた木箱から水瓶や唐《から》墨《すみ》といった唐物を取り出している。だが丁寧に藁を払い、床に敷き詰められた筵に唐物を並べるその中に、道真の姿はない。

　まだけたたましくしゃべり続ける幡多児を、葛根はおもむろに振り返った。

「一つ尋ねたいのだがな、幡多児」

「はいはい、お一つと言わず、三つでも四つでも」

「一つでいいのだ。今日はこの店の目利きは、店に出てきておらんのか」

　その刹那、幡多児は濃い紅で縁どられた目をぎろりと底光りさせた。目利きでございますと、という低い声とともにぐいと葛根に歩み寄る顔からは、それまでの笑みが拭った如くかき消えていた。

「なぜ少弐さまがかようなことを仰せられる。わが店の目利きについて、どこでお聞き及びになられたのじゃ」

「どこで、だと」

虚を衝《つ》かれた葛根に、「おとぼけになられますな」と幡多児は声に力を込めた。

「ははあ、分かりましたぞ。うちの萱三道の眼の確かさを聞き及ばれ、おおかた大宰府の皆さまは、あ奴を蕃客所の目利きとして引き抜こうとお考えなのじゃろう。じゃが、お生憎《あいにく》さま。わしの眼の黒いうちは、萱三道は決して手放しませぬからな」

「おっ母《か》さま、なにを言っているんです。ちょっと落ち着いてください」

四十がらみの男が店の奥から駆けてきて、幡多児を制する。

母と呼ぶところから推すに、これが橘花斎の当主にして幡多児の倅《せがれ》である高志《たかし》らしい。母親とは似ても似つかぬ人の好さげな瓜実顔《うりざねがお》に困惑を湛え、「頼むから落ち着いてくださいよ」と高志は幡多児の肩を押さえた。

「心配しなくたって、萱三道さんはうちの店を見捨てたりしませんよ。それが証拠にこの間だって鴻臚館で開かれた市で、びっくりするぐらいの名品を探してくれたじゃないですか」

「ふん、確かにな。索靖《さくせい》の『月儀帖《げつぎじょう》』の断簡に王羲之《おうぎし》の法帖《ほうじょう》、漢代の玉佩《ぎょくはい》が三つに銀脚付きの瑠璃杯《るりはい》。同行しておったおぬしがすぐさま手付を打ったこともあって、あれらの儲けだけでこの店は三月《みつき》は商いをせずとて食って行けるわい」

じゃがな、と幡多児は憎々し気に唇を歪めた。そうでなくとも猛禽《もうきん》を思わせる目のつり上がった面相に、更に剣呑《けんのん》な気配が増した。

「あの目覚ましい働きぶりのせいで、橘花斎に素晴らしい目利きがいるとの噂は、博多津じゅうに広まってしもうた。だからわしは菅三道を市に連れて行くのは反対だったのじゃ」

おかげでこのところ、久寿屋・砡斎を始めとする名だたる唐物商の奉公人までが、用もないのに橘花斎の周囲をうろついている。追い払っても追い払っても物陰に隠れ、じっと店をうかがう執拗《しつよう》な姿は、まるで夏の蠅《はえ》もかくやという。

「おそらく高額な給金を餌に、菅三道をわが店に雇い入れようと画策しているに違いあるまい。そして少弐さまが今日、この店にお越しになった理由も、結局はあ奴らと同様じゃろう」

「わたしは違うぞ。勝手に疑うのもほどほどにしろ」

荒々しく舌打ちをしながらも、葛根は腹の中で何てことだと毒づいていた。

道真の目利きの確かさは、保積から聞かされていた。しかし知らぬ間に菅三道が、それほどの有名人になっていたとは。これを放置していたなら、幡多児が案じる通り、本当に大宰府蕃客所までが、菅三道を鴻臚館付きの目利きに雇い入れんとしたかもしれない。これは早々に手を打たねばと考えながら、葛根は自分より頭二つ分も小柄な幡多児に向かって小腰を屈めた。

「菅三道の名を問うたのは、確かにそ奴が腕利きの目利きだと聞いたためだ。だがそれは決して、大宰府庁に雇い入れようとしてではない。実はうちの公文所の大典が先日、とある店で秘色の碗を買ったそうでな。その真贋《しんがん》が定かではないと悩んでいたため、名にし負う橘花斎の菅三道に目利きを頼めぬものだろうかと思ったのだ」

咄嗟《とっさ》の嘘《うそ》に加え、橘花斎の菅三道、と力を込めた葛根を、幡多児は疑い深げに仰いだ。

「わしの店の目利きに、器の是非を検《あらた》めてもらいたいというわけでございますな」

「いかにも」

「他の店で買《こ》うた品となれば、それなりの目利き料をいただきますぞ。いかに少弐さまでも、一文たりとも負けはできませぬが、よろしいのじゃな」

「それは当然だ。承知した」

「そんな、大宰少弐さまになんて失礼な」

またしても割って入ろうとする倅を「黙らっしゃいッ」と一喝し、幡多児は薄い胸の前で腕組みした。

「そうまでご承知であれば、菅三道をお貸ししてもよろしゅうございますがな。ただ実は先ほど申し上げたような理由で、このひと月ほど、あ奴にはこの店に近づかぬよう命じておりますのじゃ。わしの家の裏にある長室《ながむろ》（長屋）を気ままに使わせ、真贋を検めさせたい品はそこにこっそり運び込んで、目利きを行わせているのでございます」

とはいえ菅三道は気まぐれで、十日に一度程度の訪れも前後する折が多い。たまに房（部屋）を覗くと、どこかで買い求めてきたと思しき陶磁器や書画の類が増えているため、最近は橘花斎の商品の中で気に入った品を給金代わりにもらうだけでは飽き足らず、ほうぼうの唐物商を巡り歩いて、様々な品物を買い求めているらしい、と幡多児は語った。

「ならばつまり――」

「長室を覗いて、そこにいればよし。さもなくば博多津のどこをほっつき歩いているやら、わしらにもとんと見当が付かぬというわけでしてな」

高志の案内を受けて長室とやらに出かけてみれば、方一間（約三平方メートル）ほどの狭い板間はいたるところに木箱が積み上げられ、更にその上に古びた巻子《かんす》や折本が重ねられている。わずかに覗く床に敷かれた円座が、かろうじてここがただの物置ではないと物語っていた。

指先で撫ぜれば、古色《こしよく》蒼然《そうぜん》とした巻子類はきれいに埃《ほこり》が取り払われている。虫干しまで済ませているのだろう。湿気のない紙の表の感触を確かめ、葛根は居心地悪げに首をすくめる高志を振り返った。

「これらの品はみな、橘花斎の商品なのか」

「いいえ、うちの商品は板間のそこから手前まで。奥の品は、三道さんの持ち物です」

高志が指さした一角には、天井に付くかと思われるほどうずたかく木箱が積まれている。

南館の道真の自室もいつの間にか荷が増えていたが、この板間の箱の数は到底その比ではない。なんとまあと呆《あき》れかえった葛根に、「三道さんはとにかく書画骨董の類がお好きと見えましてねえ」と高志は苦笑した。

「うちのおっ母さんはあの通りのお人なので、三道さんを他所《よそ》の店に行かせまいと、大枚の銭を与えようとするやら存じ寄りの後家を女房にあてがおうとするやら、とにかく手段を選ばないのです。ですが三道さんはそれを片っぱしから断って、そこここが欠けた多足硯《たそくけん》やら焼け焦げた法帖の切れ端やらを給金がわりに欲しがるのですよ」

とはいえ高志がよくよく菅三道から話を聞けば、古びた多足硯は六朝《りくちょう》時代に作られた円形磁硯《えんけいじけん》だというし、法帖の断簡は唐二代皇帝・太宗《たいそう》に仕えた文人・褚遂良《ちょすいりょう》の手になる「枯樹賦《こじゅのふ》」と思われるという。

唐物商ではとかく、瑕瑾《かきん》のない完品が喜ばれる。このためいかに名品であろうとも脚が欠けた品や断簡は値が付きづらいため、高志も幡多児も菅三道の欲しがるままに、それらを与えているという。銭になるかどうかではなく、自分の気に入ったか否かで唐物を選ぶ辺り、いかにも好事家《こうずか》らしい蒐《しゅうしゅう》集の仕方であった。

「こちらが用事があるときにはとんと顔を出さぬ癖に、いい船荷が入った途端、まるでそれを嗅ぎつけたようにお越しになる。まったく、わたくしも長年商いをしておりますが、あんな目利きは初めてでございますよ」

　高志がそう苦笑した時、表にどすどすと乱暴な足音が立った。まさか、と腰かけていた板間の端から葛根が跳ね立つと同時に、傾きかけた板戸がけたたましく音を立てて開かれる。

　だが首だけをぬっと長室に突き入れた人影は、案に相違して道真ではない。日焼けした禿頭がてらりと光り、葛根の眼を眩しく射た。

「なんだあ。あの野郎はいねえのかよ。人を呼びつけておいて、勝手な話だな」

　ちっと舌打ちをした僧形には見覚えがある。つい先ほど、朱雀門前で声高に官の悪口をまくし立てていた泰成であった。

　泰成の側も葛根に気づいたと見え、眉間に深い皺を刻む。だがすぐにくるりと高志に向き直り、「困ったなあ、運脚《うんきやく》（人足）を連れて来ちまったぜ」と外に顎をしゃくった。

「運脚ですって。泰成さま、それはまたどういうわけでございます」

「今朝早く、用があって大宰府に出かけたところ、朱雀大路でこの店の目利きにばったり出会ったんだ。あの野郎、拙僧の顔を見るなり、ちょうどいいところに来た、おぬしに寄進をしたいのだと言い出してな。橘花斎の長室に預けてある唐物はすべて与えるゆえ、勝手に売り払って銭を納めてくれ。場所は橘花斎の店裏、これから博多津に向かうゆえ、後ほどそこで落ち合おう——とまあ、そんなことを言いやがった」

泰成の肩越しに外を見れば、空の荷車を曳いた男が二人、手持無沙汰に手近な石に座り込んでいる。なんだと、と驚きの声を上げた葛根には知らぬ顔で、「とはいえ、当人がおらんのに、勝手に持ち帰るわけにはいかぬ」と泰成はがしがしと禿頭を掻いた。

「しかたがない。あの目利きが来るまで少し待つとするか。——おおい、おぬしらもすまぬがしばし付き合ってくれ。善珠には後ほど、わしが謝るとするからな」

博多津で善珠と言えば、好人物と名高い唐物商ただ一人。つまりこの男は唐物を受け取り次第、そのまま善珠の店に運び入れる手筈をしているのだろう。つい先ほど、道真に声をかけられたばかりにしてはあまりに手回しがいい。

だが高志はそんな泰成に不審を抱くどころか、頼もしいものを見るかのように頬を緩めた。

「なるほど、なるほど。仏の善珠さまのお店であれば、さぞいい値をつけてくださりましょうから。下手にうちの店に持ち込まれるよりも、はるかに銭になるはずです」

と、幾度も大きくうなずいた。

「ああ、善珠さまにはうちの寺も常々、何かとお世話になっているからな。それにしても突然、寄進を申し出るとは、あの野郎、どういう風の吹きまわしなんだろうな」

泰成が怪訝《けげん》そうに首をひねったのと、新しい足音が長室の外で響いたのはほぼ同時。

「いや、遅くなった。すまぬすまぬ」

海風とともに狭い長室に吹き込んできた甲高い声には、今度こそ聞き覚えがある。怒鳴り出したい気持ちを堪え、葛根は駆け入ってきた人影に向き直った。

「遅いぞ、おぬし。寄進の申し出は結構だが、人を待たせても憚らんとはどういうことだ。この店で少し重宝がられているからといって、調子に乗っているんじゃないか」

矢継早な泰成の小言に、道真はむっとした様子で唇を結んだ。その一方で葛根に向かって走らせた一瞥には、どうしておぬしがここにいると言いたげな表情が滲《にじ》んでいる。

頭のいい道真のことだ。ここで己の正体を露見させる愚は犯すまいが、泰成や高志の手前、形だけでも菅三道と葛根は初対面であると繕う必要がある。

「目利きの菅三道だな。わたしは大宰少弐・小野葛根と申す」

わざと権高に言い放ち、葛根は一歩、道真に歩み寄った。

「先日、大宰府公文所の者が博多津で秘色の碗を買い求めたのだが、その真贋がいまだ定かではないらしい。聞けば、おぬしは博多津にその名を知られた目利きとか。幡多児には許しを得ているゆえ、その碗を見定めてはくれまいか」

葛根が一介の府官に、いちいち世話を焼くわけがない。それはあくまで口実に過ぎず、本心は別にあるはずと気づくだろうと葛根は思った。しかし間髪を容《い》れず戻ってきた返事は、あまりにも意外なものであった。

「ふん、お断りじゃ。役人は好かん」

取りつく島のない物言いに、高志までが呆気《あっけ》に取られた顔になる。だがすぐにあまり母親とは似ぬ小さく丸い目をしばたたかせながら、道真の袖を小さく引いた。

「三道さん、大宰少弐さまがわざわざお運びくださったんですよ。それはあまりに失礼じゃないですか」

「わざわざだろうがついでじゃろうが、わしに関わりあるものか。だいたい目利きを頼みたいのであれば、その者がここに来ればよかろう」

こめかみが音を立てて拍動を始めたのが、自分でも分かる。道真は葛根の来訪の理由が昨日の詔破却の一件であることなぞ、とうにお見通しなのだろう。それにもかかわらず関わりたくないと言い放つとは、こちらの言葉を聞く気なぞ端っからないわけだ。

いっそその痩せっぽっちの身体《からだ》を小脇に抱えて馬に乗せ、強引に大宰府に連れ帰ってしまいたい。とはいえ泰成たちの手前、無謀を働くわけにもゆかず、葛根は強く奥歯を食いしばった。

そんな葛根にわずかに唇の端を歪め、道真は「それよりも」と泰成を振り返った。

「最前、大宰府で申した明瓊寺への寄進の件じゃ。好きな唐物をぽつぽつと集めていたところ、見ての通りの有様となってしまってなあ」

「これをすべて寄進するってのか。後から返せと言っても聞かぬぞ」

「ああ、構わぬ。唐渡りの品々を面白いと思う心には変わりはない。されど古《いにしえ》より、倹なれば則《すなわ》ち金賤《いや》しく、侈《し》なれば則ち金貴しと申す。このまま欲しいものを手許に集め続けては、いかにそのための銭を得るかの思案ばかりするようになってしまうやもしれぬ。このあたりで一度、貪《むさぼ》らざるをもって宝と為《な》す必要があろうからなあ」

慎ましい生活をしていれば、そもそも何も要らぬのだから金銭は賤しい存在となり、反対に贅沢な暮らしをしていれば金銭は貴いものとなる――春秋時代の名宰相・管《かん》仲《ちゅう》が記したとされる『管子《かんし》』の言葉を引く道真の口調は、妙に明るい。およそ昨日、怒りに任せて詔書を破り捨てた男とは思えぬほどであった。

ふうむ、と厳《いか》つい顎を撫ぜ、泰成は疑わし気に道真を見下ろした。「拙僧は唐物についてはまったくわからんのだが」と呟いて、手近な桐箱《きりばこ》の蓋を指先で軽く持ち上げた。

「これらの品はそれなりに値が付くんだろうな。運び出すだけ無駄な駄物だったとすれば、承知せんぞ」

「わしの目を侮るな。ちゃんとした目利きのいる店ならどこも、三拝九拝してでも買い取らせてくれと申すはずだ」

「本当か。こんな石ころ、およそ値の張る品とは見えぬのだがな」

言いながら泰成が箱から引っ張り出したのは、黒白が入り混じった平べったい小石であった。蝶《ちょう》の羽根の如く左右に張り出した箇所があるため、人の手が加わっているとは分かる。しかし餝玉《かざりだま》に用いようにもどこにも穴は開いておらず、なるほど葛根から見ても珍品とは思い難い。

「それは梟《ふくろう》を象《かた》った玉で、玉鴞《ぎょくきょう》と申してな。唐国の古き王墓に納められた品じゃ。一見したのみではさして美しくないが、日本では滅多にお目にかかれぬ逸品じゃぞ。とはいえその価値が分かる者は、わしを除けば、この国に数えるほどしかおらぬであろうが」

説明されてもなお、納得がいかぬのだろう。泰成はしばらくの間、掌で玉鴞をもてあそんでいたが、やがて「まあいいや」とひとりごちて、それを木箱に押し込んだ。

「唐物の良しあしなぞ、そもそも拙僧には関係ないからな。おぬしの言葉が本当なら、善珠の目にはきっと価値ある品と映ってくれるだろうよ」

「ほほう、善珠とな」

道真の細い目に、針を思わせる光が宿った。葛根がそれを怪訝に思う暇もあらばこそ、

「その男の名は、そこここでしばしば聞くな。菩薩《ぼさつ》か如来《にょらい》の再来ではないかと囁かれるほどの人物にして、博多津屈指の目利きだとか」と道真は詠《うた》うような口調で続けた。普段のきっぱりとした物言いを聞きなれている葛根の耳には、含む気配を感じる口振りであった。

「ああ。こう申しては何だが、地獄の奪衣婆《だつえば》の如きこの店の隠居とは正反対だ。拙僧は

唐物はよく分からんが、あの久寿屋の主《あるじ》が恐れ入るほどの眼の持ち主とも聞くな」

「おぬしがそこまで褒めるとは、珍しい。これも何かの縁だ。わしをその善珠とやらに引き合わせてはくれまいか。どれほどの男か見てみたい。ここに寄進する品の目録を作っておいたゆえ、それを持参しがてら善珠の店に参ろうぞ」

「い、今なんて仰《おつしや》いました、三道さん」

幡多児の悪口には動じなかった高志が、跳ねるに似た動きで泰成と道真の間に割り込んだ。見開かれた双眸が、狼狽のあまり左右に泳いでいた。

「もしかして三道さん、善珠堂に勤め替えするつもりですか。給金でもなんでも、望みのままに致しますから、どうかそれだけは止《や》めてください。みすみす三道さんを逃がしたと知れたら、わたくしはおっ母さんにこの店から叩き出されてしまいます」

「いや、そういうわけではない。ただ噂に聞く善珠堂を見てみたいだけじゃ」

「三道さんがそうとしても、善珠さんは違うかもしれません。三道さんの目利きの素晴らしさに、ぜひうちの店に来てくれとかき口説くやも。そうなった時、必ずや断ってくれるのですか」

大げさなと笑い飛ばせぬほど、高志の表情は切羽詰まっている。あの猛烈な老婆であれば、損得を秤《はかり》にかけた結果、倅を勘当するくらい、難なくやってのけるやもしれない。

「まったく要らぬ心配をするのう。わしが橘花斎に損を与えたことが、これまでにあったか」

横目で見れば、そう高志をなだめる道真の眼差しは言葉面とは裏腹に鋭い。

おや、と目をしばたたいた葛根に気づいたのだろう。道真はくるりとこちらに背を向けると、心配するなと続けながら高志の背中を軽く叩いた。

宮城に勤めていた頃、葛根はいまの道真とよく似た表情を幾度となく目にしている。左右大臣を含めた公卿たちが朝儀の席で意見が折り合わず、朝堂《ちょうどう》の庇の間で休憩を取りながら、お互いをうかがっていた表情がそれだ。そしてその中には当時、中納言として政務に関わっていた道真の姿も確かに含まれていた。

このお人は、と葛根は乾いた唇を小さく舐めた。

こと唐物については我の強い道真が、突然、寄進を思いつくのは奇妙でしかない。そして泰成が善珠堂に出入りしていることは、博多津では周知と見える。だとすれば道真のいきなりの寄進は、泰成を通じて善珠堂を訪うための布石なのではあるまいか。

とはいえ単純な興味から善珠堂へ行きたいのなら、こんな回りくどい策を取る必要はない。だとすれば、道真のこの申し出には何らかの深謀遠慮が秘められているのか。

葛根は、よし、と胸の中で一つうなずいた。「まあ、待て待て」と言いながら、今にも道真に摑みかかりそうな高志を片腕で制した。

「そこまで案じるなら、わたしも善珠堂について行こう。万一、善珠がみち……三道を雇い入れそうなそぶりを見せれば、こ奴はもう鴻臚館で働くことが決まっていると嘘を以て制してやる。それであれば高志も安心だろう」

「少弐さまがですか。もしかしてさっきおっ母さんが言っていたように、そんな親切をしてやっぱり鴻臚館で雇い入れるつもりじゃないでしょうね」

上目を遣う高志の顔は、先ほどの幡多児のそれ同様、疑念に満ちている。なるほど気性も顔も違ってもやはり母子だ、と葛根は妙な感心をした。

「馬鹿を申すな。その気があれば、すでに有無を言わさずこ奴を連れて行っておる」

わざと声を荒らげた葛根に、高志はしょぼんと肩を落とした。狭い屋内に積み上げられた唐物を仰ぎ、しかたありませんねえ、と気弱な溜息を落とした。

「その代わり、三道さんがいくら善珠堂に心惹《ひ》かれても、必ず連れ帰ってくださいよ。いいですね」

「分かった、分かった。心配するな」

見れば道真は不安げな高志には知らん顔で、長室を立ち去ろうとしている。急いでその後を追えば、秋の陽はいよいよ眩しく、潮の匂いの混じった風とともに葛根の顔を叩いた。

すでに泰成は運脚とともに荷を車に積み終え、筵をかけたそれを荒縄で縛り上げている。法衣の袖をたくし上げ、運脚と共に荷車を押し始めた泰成に従って、道真は往来へと歩み出した。

「おい、待て。――いいや、お待ちあれ」

四囲の喧騒にまぎらせて呼びかけながら、葛根はそんな道真に肩を並べた。

「何を企《たくら》んでおいでです。これ以上、唐物商の知り合いを増やすおつもりですか」

じろりと目を動かしただけで、道真は無言で足を速めた。昨日から髭をあたっていないと見える頬には、はっきりと葛根を疎んじる気配がある。そんな道真の肩を、葛根は強引に摑んだ。

「よろしいですか。そなたさまがこの地で気ままに過ごせるのは、すべて大宰大弐さまのおかげなのです。もはやなさってしまったことを、くどくどと咎《とが》めはいたしません。ですがせめてもう少し、おとなしく過ごしてはいただけませぬか」

「ふん、おとなしく過ごして、それで何になるのじゃ」

相変わらず葛根の方を見ぬまま、道真はほとんど唇を動かさずに吐き捨てた。海から吹き付ける潮風が、その言葉を片端から空の彼方へと巻き上げて行く。先ほど口にした目録とやらだろう。道真が片手に握りしめた紙の束が、小さく風に揺れていた。

「わしは左降の身じゃ。南館で逼塞《ひっそく》しておろうが、博多津をうろうろしておろうが、誰にも迷惑はかかるまい。それにもかかわらず目障りと申すなら、知らぬ顔を決め込んでおけばよかろうが」

「それでは困るのです。先だっての奉幣使《ほうへいし》はうまくごまかせましたが、万一、今のお暮らしが京に知れれば、大宰大弐さまにどんな迷惑がかかることか」

黒眸《くろめ》の小さな道真の目が、ちらりと動く。更に葛根が言葉を続けようとしたその時、ぎいっと鈍い軋《きし》みを立てて、先を行く荷車が止まった。泰成がたくし上げた袖を下ろしながら、「着いたぞ、ここだ」とかたわらの一軒を顎で指す。

その途端、道真は葛根の腕を素早く振り払い、たたっと小走りに泰成に駆け寄った。

「なんと、ここがあの善珠堂か。知らずに通れば見つけられぬとは聞いていたが、これはまた噂に違《たが》わぬ店構えじゃのう」

道真が目を丸くしたのも無理はない。博多津は海からもたらされる富によって栄える湊だけに、その生業《なりわい》の内容を問わず、浜から近い場所ほど大店が、遠い場所ほど品下った店が軒を構える傾向がある。葛根たちが連れられてきた一角は、そんな博多津の中でも海から遠く離れた街区の隅。見回しても界隈に商家らしき建物はほとんどなく、辻に面した小家の軒下で、老婆が目を眇《すが》めながら古びた衣を繕っていた。

「なにせ善珠は大きな店を構える銭があれば、その分、施しに充ててしまう男だからな。――おおい、いるかい。明瓊寺の泰成だ。ちょっと頼み事があるんだが」

泰成がそう言って板戸を叩いた一軒は、左右の小家と見分けがつかぬ陋屋《ろうおく》であった。ただ両隣に比べると間口は倍ほども広く、門口は塵《ちり》一つなく掃き清められている。

「すみません、泰成さま。今、善珠さまはお客さまと話をしておりまして」

十歳そこそこの少年が顔を出し、恐縮しきった様子で頭を上げる。荷車に積み上げられた木箱に、「これは何ですか」と聡《さと》そうな目をしばたたいた。

「ここにいる唐物好きから寄進していただいたんだが、拙僧では銭に替える手立てがないんでな。善珠に買い取ってもらえれば助かるのだ。客人は長くかかりそうか」

「それはおいらには何とも。少しお待ちくださいい。荷だけ先にお預かりしてもいいか、善珠さまに聞いて参ります」

少年が踵《きびす》を返す暇もあらばこそ、「いや、それには及びません」という甲高い声が店の中で響いた。直垂《ひたたれ》に小袴《こばかま》を穿《は》いた小柄な若者が歩み出て来て、泰成に向かって軽く低頭する。その折り目正しい挙措に加え、頰骨の高い間延びした顔が、まだ二十三、四歳と覚しき若者の人柄のよさをありありと物語っていた。

「思いがけず長居をしてしまったのは、わたしです。商いの邪魔をしてはなりません。そろそろ失礼いたしましょう」

「お役に立てず、すみませぬなあ。ぜひまたお越しください」

かすれ声の詫びとともに男の後を追ってきた白髭の老爺が、この店の主たる善珠だろう。とはいえ洗い晒《さら》した水干に括袴《くくりばかま》、萎《な》え烏帽子をいただいた頭をしきりに下げる姿は、およそ博多津に名の通った唐物商とは思い難い。喉を痛めてでもいるのか、背を丸めて乾いた咳《せき》を繰り返す姿が、そうでなくとも貧し気な身形《みなり》をいっそうみすぼらしくしている。

だが今の葛根には、そんな善珠の風体はほとんど目に映っていなかった。その代わりに視界を占めていたのは、善珠に丁重に頭を下げる若者の横顔だ。

「おぬし——」

と呟いた葛根に、若者がはっと顔を上げる。一瞬、信じられぬと言いたげに葛根を凝視したが、すぐにその場に片膝をつき、日焼けした項《うなじ》もあらわに面を伏せた。

「大宰府においでとは存じておりましたが、かようなところでお目にかかれるとは、思いも寄りませんでした。お久しゅうございます、小野さま」

「ああ、本当だな。わたしも同じ思いだ。それにしてもおぬしは確か、現在は蔵人所《くろうどどころ》勤めではなかったのか。なにゆえこんな西国におる」

それが、と言い淀んだ若者は中原貞遠《なかはらのさだとお》といい、葛根が初めて左近衛府に出仕した十年前、まだ元服前の若さで衛府の府生《ふしょう》見習いを務めていた男である。

中原家はもともと学者の家柄。それにもかかわらず万事、武張った近衛府に配属されてしまった貞遠は、近衛府の文書仕事をいつも居心地悪げに一手に引き受けていた。読み書きはとんとできぬ叩き上げの番長《ばんちょう》や近衛たちから、その実直な人柄を小馬鹿にされていたのを見ていただけに、昨春、貞遠が天皇の身辺の用事全般を弁じる蔵人所に配属されたと仄聞した時は、他人事《ひとごと》ながら安堵を覚えたものだ。

葛根の都での知己となれば、かつての自分を見知っているやもと思ったのだろう。

「知り合いか」

目録を握り締めて問うた道真に小さくうなずき、「わたしがかつて勤めていた左近衛府の者だ。去年から蔵人所の小舎人《ことねり》に任ぜられておる」と葛根は説いた。

小舎人とは、蔵人所の雑務全般を務める下働き。公卿であったかつての道真を間近にし得る身分ではない、と匂わせた葛根に、道真は肩の力をほっと抜いた。

泰成はすでに荷車から木箱を下ろし、下働きの少年とともに善珠堂の店内へと運び込み始めている。それを一瞥してから、貞遠は葛根をまっすぐに仰いだ。

「わたくしが博多津に参りましたのは、蔵人・藤原俊蔭《ふじわらのとしかげ》さまのご下命を受けてです。小野さまはすでにお聞き及びかと存じますが、俊蔭さまは間もなく唐物使《からもののつかい》として当地にお下りになられます。その先触れとして、博多津のあれこれを調べて来いとのご指示を賜りまして」

「いや、確かに唐物使の下向は聞いているが、どなたがそのお役目を果たされるかまでは知らぬ。そうか、藤原俊蔭さまか」

俊蔭はもう五、六年も昔から、蔵人として天皇に近侍している中年官吏。ほんの半年ほどではあるが左近衛府将監《しょうげん》を兼任し、葛根の上役になった折もある。人付き合いは極めて悪いが、算術に明るく、その知才さから内裏じゅうに知られた男であった。

横目でうかがえば、道真の眉間には酢を飲んだに似た皺が寄っている。

蔵人とは律令に規定のない令外官《りょうげのかん》で、天皇の日々の雑用から公卿の奏聞の取次など、帝の日常一切を取り仕切るのが勤め。ことに俊蔭は先帝・定省《さだみ》の信頼厚く、四年前の当今への御代替わりの際、特に命じられて新帝にも近侍するに至った二世《にせい》の蔵人。それだけに当然、右大臣として政に関わった道真とは、嫌というほど顔を合わせてきたのだろう。これは注意せねばなるまいと考えた葛根に、貞遠は眼だけで道真を指した。

「あの……大変失礼とは存じますが、これなるお方はどなたでいらっしゃいますか」

「わしか。わしは菅三道と申す、当地の目利きじゃ。小野葛根さまにはなにかとご贔屓《ひいき》にしていただいておる」

なにが、と葛根は腹の中で舌打ちした。だが根が真面目な貞遠はその言葉をすっかり信じ切った様子で、道真に向かってそれはそれはと頭を垂れた。

「さすれば俊蔭さまが下向なさったあかつきには、そなたさまにもお世話になるやもしれません。よろしくお願いいたします」

「そんなことより、唐物使は通常、先触れなぞ出さぬものではないか。おぬし、なぜ一人で先に博多津に入っている」

葛根に問われ、貞遠は言い淀む顔になった。だがすぐに素速く四囲を窺い、声を低めた。

「これはまだ、他の方にお聞かせいただいては困るのですが」

「この者であれば心配はいらん。こう見えて、大宰大弐さまのご信頼も厚い男だ」

道真を褒めたくはないが、こうなってはしかたがない。嘘にはならぬ程度の偽りを述べた葛根に、さすれば、と貞遠は居住まいを正した。

「実は俊蔭さまは、昨年、博多津から内裏に進上された唐物に、不審な点があると仰せなのです。有体に言えば、それまでに京進された品に比べてあまりに質が悪い、と」

「昨年の京進唐物だと。ああ、新羅から来た海商の荷だな」

昨春二月に博多津に入った新羅商人の荷は、上質の磁器や玉器が多く船載されており、都の朝堂はすぐに唐物使を大宰府に送ろうとした。しかしたまたまその時期、蔵人所はその先年に亡くなった帝の妃《きさき》の菩提《ぼだい》を弔う寺の造営に忙しく、大宰府に送る人手がなかった。そのため博多津では、蕃客所《ばんかくしょ》の官人が京からの指示に従って唐物を選び、都に送ったはずである。

「その中に、およそ主上《おかみ》の身近に置くにはふさわしくない品が複数交じっていると、俊蔭さまは仰せなのです」

貞遠は日焼けした顔を、深刻そうに歪めた。

「わたし如きには皆目見分けがつかぬのですが、蔵人としてこれまで多くの唐物を見てきた俊蔭さまからすれば、その違いは一目瞭然でいらっしゃるそうで。それゆえ不審を抱いた俊蔭さまは、博多津から上申された荷の一覧と内裏に送られた唐物を突き合わせ、半年あまりをかけて内偵を進めていらしたのです」

「なんだと」

そんな話はこれまで聞いたことがない。葛根は低い呟きを漏らした。

俊蔭の調査によって分かったのは、書面の記録と実際に京進された唐物の間に多数の齟齬《そご》が生じている事実。それが一点二点であれば、京に送るべき品をうっかり鴻臚館が取り違えたとも考え得る。しかしたとえば象牙の笛が水牛の牙の笛に、瑠璃の香炉が銀の香炉にといった具合に、三箱の櫃に納められた唐物のうち、実に半数近くが明らかに書面と異なっていたと聞かされては、これはただの間違いとは言い難い。

「内裏に御物《ぎよぶつ》として納められる品は、日々、膨大な数に上ります。われわれ小舎人が諸国から届いた端から御倉《みくら》に納めるため、そのまま二年、三年としまわれっぱなしの品とて珍しくありません」

それだけに並みの蔵人であれば、博多津から届いた唐物の品が粗悪でも気に留めなかっただろう、と付け加える貞遠の物言いには、俊蔭の慧眼《けいがん》に感じ入っている気配がある。

ううむ、と葛根は両の腕を組んだ。

「それはつまり、京進すべき唐物がどこかで品下るものとすり替えられたということか」

海商の船から陸に上げられた唐物は、蕃客所による和市《わし》（買い上げ）から京進までの間、鴻臚館に安置される。ただ鴻臚館は外国《げこく》の民にまつわる業務全般を処理する施設のため、とかく人の出入りが多い。不埒者《ふらちもの》が京進物を盗み取ろうとすれば、機会は幾度もあったであろう。

「はい。俊蔭さまもさようにお考えになられ、今回、自ら大宰府に下向することをお決めになったのです。唐物使の任を果たすとともに、昨年の京進の仔細《しさい》について調べ、可能であらば犯科人《はんかにん》をひっ捕らえるおつもりかと」

京進の品がすり替えられたとなれば、当然、それで利を得た何者かがいるはず。そして彼らは今回の京進に際し、またも策謀を巡らす可能性がある。

通常、唐物使は正使たる蔵人の他には、宮城の出納に当たる大蔵省の蔵部《くらべ》や価長《かちょう》など、取引に関与する数名のみが下向するもの。しかし今回はそれに加え、貞遠を含めた蔵人所の小舎人・雑色《ぞうしき》が計八人も一行に加わっており、総員を上げて博多津の探索に当たるという。

「わたくしはひと足先に博多津に入り、湊の唐物商を片端から訪ね歩けと命じられました。胡乱《うろん》な者を探り、間もなくご到着になられる俊蔭さまにそれをお伝えする手筈となっております」

京進の御物によって利を得るには、唐物商と少なからぬ縁故が必要なはず。探索に当たることになったのが自分でも、確かに同じ所に狙いを定めるだろう、と葛根は思った。

とはいえ都の公卿を顧客に持つほどの大店が、あえて悪事に手を染めるとは思い難い。また善珠堂も念のため訪ねてはみたものの、府庁に唐物を納めるほどの老舗となれば、まず疑いは解いてよかろう、と貞遠は訥々《とつとつ》と語った。

「これまで訪ね歩いた店々で、神仏をも恐れぬ悪事に手を染めそうな店はどこだろうと尋ねると、みな申し合わせた如く湊近くに店を構える橘花斎と申しました。鬼羅刹の如き老婆が営む店との噂でございますので、明日にでもそ知らぬ顔で訪れるつもりです」

「そ、そうか」

ただ、幡多児は確かに欲深だが、朝廷を相手に悪事を企むほど愚かではない。だいたい京進される名品をかすめ取るだけの目があれば、道真をあまでしてわが店に抱え込もうとはせぬだろう。これは厄介な、と葛根は唇を噛みしめた。

内裏に納められるべき唐物の横領は、明らかな犯罪である。しかもそれが京の蔵人の指摘によって判明するとは、下手をすればこれまた小野葛絃の責任を問われかねない。

葛根はその場に膝をつき貞遠の手を両手で強く握りしめた。

「よく教えてくれた。礼を言うぞ」

「いいえ。俊蔭さまからは、もしその機会があれば、大弐さまや少弐さまに事の次第を告げて良いと仰せつかっておりましたので。ただ、俊蔭さまは謹厳なお方です。今後、ご一行が博多津にお着きになれば、大宰府庁のかたがたのお手をなにかと煩わせることになりましょうが、どうぞお許しください」

おおい、と野太い声がこの時、貞遠の言葉を遮った。振り返れば、泰成が善珠堂の戸口から首だけを突き出し、道真に向かって忙《せわ》しく手を振っている。「銭三十貫文だそうだ」という叫びに、葛根は目をしばたたいた。

「先ほどおぬしが寄進してくれた唐物だ。善珠は三十貫文で買おうと言っているぞ」

位の高下を問わず、官吏の禄は絁《あしぎぬ》や米といった品物で下されるのが原則である。三十貫文といえば葛根の一年の禄をすべて銭に替えて、ようやく得られる金額であった。

道真の才を疑っていたわけではない。そもそもこの春、思いがけず生じた大宰府庫の欠損千三百余貫（約一億六百万円）を穴埋めできたのは、道真の卓越した書の腕前あればこそだ。しかしそれでも長室にあれほど無造作に積み上げられていた木箱の中身が、自分の一年の働きに相当すると知らされれば、あくせくと働き続ける日々がいささか馬鹿馬鹿しく思われてくる。唐物商たちが血眼で良品を探し求めるのも、なるほどもっともとも感じられた。

「このまま善珠に預け、ありがたく売らせてもらうぞ。文句はないんだな」

弾んだ泰成の口調とは裏腹に、道真の浅黒い顔には何故か落胆の色がある。自ら集めた品に三十貫の高値がついたのだ。喜ぶのが筋であろうにと、葛根は内心首をひねった。

「おお──おお、好きにせよ。ちなみに、もっともいい値がついたのはどの品じゃ。草聖《そうせい》の断簡か、それとも張永《ちょうえい》の墨《すみ》か」

根掘り葉掘り値段を聞くなど、これまたおよそ喜捨を申し出た男の言葉とは思えぬ意地汚さである。だが泰成はそれには頓着せず、「ちょっと待ってろ、善珠に聞いてやる」と言い返して、店内に引っ込んだ。

待つ間もなくまた顔を突き出し、

「あの石っころだそうだ」

と更に大声を張り上げた。

「善珠によれば、世に数ある玉鴉の中でも、白黒斑《まだら》の品は渤海《ぼっかい》にほど近い地でしか作られんらしい。これが碧玉《へきぎょく》や白玉であれば、ずいぶん値は下がると言っているぞ」

「なんじゃと。あの玉鴉を」

その途端、道真の唇が強く真一文字に引き結ばれた。袋の口を閉ざしたに似たその勢いには、どこか苛立った気配が含まれている。だがその挙措はさすがに、泰成の眼には映らなかったらしい。

「おぬしの言う通りだったな。ありがとよ。銭は大切に使わせてもらうぜ」

「い……いや、それはよかった。善珠堂にはいずれまたゆっくり寄らせてもらおう。主によろしく伝えてくれ」

「なんだい。どうせなら今会って行きゃあいいのに」

泰成の不審顔にはお構いなしに、道真は急に踵を返した。そのまま浜の方角へと小走りに駆け出し、おい、と葛根が叫んでも、振り返ろうともしない。

京進唐物の一件は、非常に案じられる。だが一方で道真と顔見知りの藤原俊蔭の下向が分かった現在、この厄介な男を市中に放置できぬのもまた事実だ。

しかたなく貞遠に別辞を告げると、葛根はあわてて道真の後を追った。よほど博多津を歩き慣れているのだろう。家々の立て込んだ路地を抜け、荷車がけたたましく行き交う大路へと飛び出す道真の足取りは、皆目迷いがない。

まったくちょこまかと、と顔をしかめながら、葛根は酒家が多く建ち並ぶ一帯を駆け抜けようとする道真の腕を、背後から強く摑んだ。

「お待ちください。それがしの話はまだ終わっておりませんぞ」

「つくづくしつこいのう。話とはどうせ、昨日のあの件じゃろう。破り捨てたのは、確かに悪かった。されどあの詔はわしを、海のあらゆる生き物を丸呑みにする悪逆非道の鯨になぞらえたのじゃぞ。それに知らぬ顔を決め込むのは、志を降《くだ》して身を辱めるがごとき行いではないか」

志を降さず、その身を辱めず——すなわち、人はたとえ隠者として生きていようとも志を高く持ち、身を汚してはならないという『論語』の一節を言い捨て、道真が葛根の手を振り払う。なにをそんなに急いでいるのか、せっかくの目録をまだ握りしめたままであることにも気づいていない様子であった。

逃してなるものかとそれを追いながら、「されど世の中には、その身を潔《きよ》くせんと欲して大倫《たいりん》を乱るとの言葉もありますぞ」と、葛根は声を張り上げた。

同じく『論語』に記されているこの言葉は、自分の身の清らかさだけを考えて隠棲《いんせい》する生き方は君臣の道を乱す、との意味である。

この遠の都での日々は道真からすれば、非道の国の禄を食《は》むことを厭《いと》い、山中に隠棲して遂に餓死した殷《いん》の兄弟・伯《はく》夷《い》叔《しゅく》斉《せい》の暮らしの如きものなのだろう。とはいえ伯夷と叔斉の二人は世のすべてに背を向けて隠遁《いんとん》したのではなく、戦乱の世を収める術《すべ》を懸命に模索した末、行き場を失って首陽山《しゅようざん》に身を隠したのだ。道真とて自らを鯨にたとえられたのが腹立たしければ、朝堂に抗議の書を送るなり、旧知の公卿たちに身の潔白を訴えるなりすればよかろう。それをただ激怒して詔を破り捨てるなぞ、文字通り大倫を乱る行いでしかない。

「なんだと。いま何と申した」

白いものの目立つ眉をきりりと吊り上げて、道真が足を止める。怒りに強張ったその顔を、葛根はまっすぐ見下ろした。

「ああ、何度でも言って差し上げますとも。そなたさまの行いは結局、童《わらわ》が駄々をこねているが如きものです。すでにこれ以上の左遷はないほどの左降の御身でいらっしゃるのです。言いたいことがおありなら自ら都に申し上げればよいですし、反対に京の衆がなにを言おうとも気にせず、この西国でお好きに生きる手立てもおありなのでは。それをまあ、ご自身の従僕や龍野保積のような目下の者にばかり声を荒らげられるとは」

「う——うるさい、うるさいうるさいうるさいッ」

まだ日は高いというのに、界隈の酒家は賑やかな歓声に揺れ、船子や商人、はたまた近隣の郷から出てきたと思しき人々が顔を赤くして往来を行き交っている。一目で官人と知れる葛根と、肉の薄い身体を古びた袍と括袴に包んだ道真が怒鳴り合う姿に、道ゆく者がはたと足を留めた。

だが道真はそれにはまったく頓着せず、握りしめていた目録をいきなり葛根めがけて投げつけた。

「おぬしに何が分かるのだッ。だいたい橘花斎では名目利きと誉《ほ》めそやされていたとて、博多津には先ほどの善珠の如き恐ろしい目利きがいるのだぞ」

まったく、まったく、と苛立たし気に地団駄を踏み、道真は元来た方角を悔し気に睨みつけた。

「久寿屋の主も砡斎の目利きも、わしに言わせれば大したことはない。そんな中であの玉鴟の価値が分かるとは。善珠め、いったいどれだけの知恵を有しているのじゃ」

　ただの紙だけに、葛根に叩きつけられたそれは折から吹いた海風に吹き散らされ、はためきながら地面へと落ちていく。それでも胸元に引っかかった一枚をとっさに懐に押し込みながら、「そなたさまはもしや、善珠を試したのですか」と葛根は声を筒抜けさせた。

「おお、そうじゃ。ようやく気づいたのか、愚か者。もともと暇に飽かせて買った唐物の整理をせねばと思うていたところに、あの男の評判を聞いたものでな」

　なんとまあ、と葛根は呆れ返った。

　この夏以来、道真は橘花斎の目利きをすることで、日々の左遷の憂さを晴らしていた。だが改元の詔に腹を立て、ならば唐物目利きの眼で以て自らを鼓舞しようとした挙句、善珠にあっさり金目の品を見破られて、ますます苛立ちを募らせるとは。もともと子どもっぽいところがある男と承知していたが、まさかこれほどとは思わなかった。

　葛根の表情に更に腹を立てたのか、道真は足元に落ちていた目録をぎりぎりと踏みにじった。

「畜生、あのような老人に負けるとはッ。これではまったくの寄進損じゃわいッ」

　葛根たちの周囲には、いつしか人垣が生じつつある。中には道真——いや、菅三道の顔を見知っている者もいると見え、道真を指さし、かたわらの者となにやら囁き合う男たちまで混じっていた。

「少弐さまッ」

折しも響いた声に見回せば、龍野三緒《みつお》が人垣をかき分けて走り寄って来る。父親とは異なって聡明で知られる史生だけに、一目で何が起きているかを悟ったのだろう。なおも喚こうとする道真を背後から羽交い絞めにし、「さあ、行きますよ」と大声を張り上げた。

「な、なにを致すッ。おのれ、おぬしまでがこ奴に味方をするかッ」

「味方もなにも、わたくしは政所の史生。葛根さまの部下でございます」

三緒は道真をそのまま、手近な小路に引きずり込んだ。葛根はその後を追って薄暗い路地に飛び入ると、野次馬たちの眼を自らの背でふさいだ。なおも物見高く近づいて来ようとする者を、「寄るなッ。これなるは大宰府庁の御用によるものだッ」と一喝して退けてから、荒い息をつく三緒を見下ろした。

「おぬし、なぜここに」

「大弐さまが、急ぎ少弐さまを召せと仰せになったのです。ですが府庁にお姿は見当たらず、厩番に聞けば馬を曳き出してお出かけになったとうかがいましたもので」

累代の庁官であればいざ知らず、葛根のように京から赴任してきた官人は大宰府に地縁がない。加えて騎乗で出かけたとなれば、博多津しかあるまいと考えたと語り、三緒はなおも叫ぼうとする道真の口を掌で覆った。

「そうか。ありがたい。おぬしが来てくれねば、どうなっていたことか」

「わたくしもここまで馬で参りました。よろしければ権帥さまはわたくしが共乗りして、南館までお送りいたしましょう。どうぞ少弐さまは先に府庁に」

現在の道真の暮らしを知る者は、大宰府に片手の数ほどしかいない。それだけに地獄に仏の気分でうなずこうとして、葛根ははたと三緒の顔を凝視した。

「いや、待て。そもそも大弐さまはなぜわたしをお召しなのだ。まさか、今朝の元号布告になにか不手際でも」

心当たりは嫌ほどある。それだけに葛根の語尾は小さく震えたが、三緒はそんな上役を安堵させるように微笑《ほほえ》むと、小さく首を横に振った。

「いえ、そうではありません。今から一刻（二時間）ほど前になりましょうか。唐物使さまご一行が思いがけずお早く府庁にお着きになったのです。唐物使さまご自身は大弐さまにお話がおありのご様子でしたが、そうなりますと共にお越しになった大弐さまのご子息がたのお相手をなさるお方がいらっしゃいません。そこで少弐さまにとりいそぎ二人の世話を頼むとの仰せが下ったのでございます」

なんだと、という呻きを、葛根はかろうじて飲み下した。

従弟《いとこ》たちが唐物使一行とともに到着することぐらい、頭では理解していた。しかしよりにもよって自分の留守に彼らが大宰府に入ったと知らされれば、ますます己の居所を奪われるような気分になる。――いや。

　今はそんな些事《さじ》を気に病んでいる場合ではない。一刻も早く大弐と計らい、京進物をかすめ取った不埒者を探し出さねば。そしてそれを果たしうるのは、少弐として葛絃の片腕を務める自分だけだ。

「よし、分かった。後は任せたぞ、三緒。ちなみにこのお方が怒り狂っておられる理由の半分は、ご自身の知恵の足りなさでいらっしゃる。我らが気に病むことはなにもないぞ」

　離れたところから物見高くこちらをうかがう野次馬たちを突き飛ばし、葛根は大路を一目散に駆け出した。まっすぐに橘花斎に走り入り、なにか言いたげな高志に、「心配はいらぬ」とだけ怒鳴る。

　たっぷり秣《まぐさ》を与えられていたのだろう。往路とは反対にけだるげな面持ちの馬に鞍を置くと、そのまま大宰府目指して飛び出した。

　雨が近いのか、西空にはいつしか低い黒雲がわだかまっている。大宰府の秋は畿内に比べると荒天が多く、三日、四日と嵐が続く折も珍しくない。

　そうなる直前に大宰府に入った従弟たちが、正直に言えば忌々しい。そんな自分の狭量さにも苛立ちながら則天門外で馬を下りれば、待っていたとばかり厩番の老爺が飛び出してくる。それに向かって手綱を放り投げた途端、甲高い声が葛根の名を呼んだ。

小紫の水干に下げみずらを結った少年が、木沓《きぐつ》を高く鳴らして門から飛び出して来た。

「やっぱり葛根兄さまだ」

府庁に到着後、わざわざ着替えたのだろう。叫びながら葛根にしがみついた少年の衣からは、淡い薫香が立ち昇っている。

確か次の春で九つになるはずだが、背丈はようやく葛根の胸元に届くほどに小柄である。葛根は手荒にならぬよう気遣いながら、その小さな体を己から引き剝がした。長旅の直後とは思えぬほどつややかな髪が、微かな音を立てて揺れた。

「久しいな、阿紀《あき》。道中はどうだった。初めて京を離れ、心細かったのではないか」

「いいえ、まったく。こんなに旅が楽しいなんて、まったく存じませんでした」

まっすぐに葛根を仰ぐ双眸は、玻璃《はり》をはめ込んだかの如くきらめいている。あまりに曇りのない眼差しに後ろめたさすら覚えながら、葛根は阿紀を促して則天門をくぐった。

門の警固に当たる衛士たちが、葛根の姿に一斉に頭を垂れる。その様に、阿紀は更に目を輝かせた。

「葛根兄さまはすごいですね。こんな立派な宮城で働いていらっしゃるなんて」

「宮城と呼ぶべきは都の内裏だけだ。ここはただの府庁に過ぎん」

ついつい口調がそっけなくなる。だが阿紀はそれを意に介する気配もなく、都を出てからのあれこれを小鳥の囀《さえず》りに似た声でしゃべり始めた。

とはいえ難波津《なにわのつ》の殷賑《いんしん》にしても、内海《うちうみ》（瀬戸内海）の美しさにしても、同じ道をたどってこの地に着任した葛根からすればさして珍しいものではない。

唐物使たる藤原俊蔭の従者であろう。正殿の前には真っ黒に日焼けした下僕が八人ほど、馬具を置いたままの馬を囲んで座り込んでいる。

都から大宰府までは内海に点在する泊《とまり》（湊）を船で伝って、十日余り。陸路より海路が多い旅路だけにさして疲れぬのは分からぬでもないが、それでも阿紀の濶達《かったつ》さは初めて都を離れた少年とは思い難い。

「そういえば好古《よしふる》はどこにいるのだ」

「好古兄さまは先ほどから、各官衙《かんが》を見学しておいでです。なにせまだ初冠《ういこうぶり》（元服）前のわたしとは異なり、ただいまは中宮職の少属《しょうさかん》としてお勤めですから。今回、大宰府庁の政を学ぶとの理由で暇《か》（休暇）を請うたものの、さんざん上役に嫌味を言われたそうなのです」

ここでしっかり学んで帰らねばこの先の出世に差し支える、とこまっしゃくれた口調で語る阿紀に、葛根はこみ上げる溜息を押し殺した。

子どもは苦手だ。ましてやこの阿紀の如く聡明で、その癖、人を疑うことを知らぬ童とあっては、まったく厄介でならない。

葛絃の次男である阿紀は、まだ襁褓《むつき》が取れぬうちからなぜか葛根によく懐き、こちらの顔を見るたび、実の兄弟もかくやの懐っこさで「兄さま、兄さま」と後を追って来た。知らぬ顔を決め込んでも一向に諦めず、必死に葛根を追うあまり、広縁から庭に落ちたり、塗籠《ぬりごめ》に迷い込んだりしたことも数え切れなかった。

一方阿紀より十歳年上の好古は、比較的年齢が近い分、従兄《いとこ》の冷ややかさが分かるのか、昔からそんな弟を遠巻きにするばかりで、ほとんど葛根に近づいてこない。自らの内奥がよく分かっている葛根からすれば、同じ従弟であっても、親しくない好古の方がかえって信が置ける気がするのだから、まったく奇妙な話である。

「そうか。ならばおぬしも好古に従って、庁舎を巡ってきてはどうだ。あと四、五年もすれば、どのみちおぬしも父君や兄君同様、官人として出仕するのだろう。今から官吏の仕事とは何かを学んでおくのも悪くはあるまい」

葛絃の命令とはいえ、従弟たちの世話なぞ焼きたくはない。それよりむしろ今は、博多津での見聞を葛絃に伝えねば。

さっさと阿紀を追い払おうと、葛根は建ち並ぶ官衙を目で指した。だが阿紀は日焼けした頬を小さく膨らませると、「出仕のための用意ですか」と葛根を上目遣いで見た。

「そんなの、まだ先の話ですよ。それにわたしは父君や兄君みたいに毎日真面目に宮仕えするのは、あまり向いていない気がしているんです」

「何を申すのだ。まだ十にもなっておらぬのに、今から怠けることを考えてどうする」

小野氏は遡《さかのぼ》れば、人皇第五代・孝昭《こうしょう》天皇に行き着く名家。推古《すいこ》天皇の御代、遣隋使《けんずいし》として大陸に渡った大徳冠《だいとくかん》・小野妹子《おののいもこ》、まだ都が藤原京にあった古《いにしえ》に新羅への使者に任ぜられた小野馬養《うまかい》など、外交に携わる官人を歴代輩出し続けてきた一族である。葛根たちの祖父、葛絃には父に当たる篁《たかむら》やその父・岑守《みねもり》など、参議として国政に関わった者も血縁には数多い。

葛絃は今は地方に赴任する受領《ずりょう》止まりだが、父祖の官歴から考えれば、いずれ公卿として政を動かす可能性も皆無ではない。好古や阿紀とてそれは同様で、いくら藤原氏が朝堂の要職を占める当節であっても、まだ幼いうちから出仕を厭うなぞ、自堕落にもほどがある。

「あっ、違いますよ。なにも叡山《えいざん》（比叡山）に入って出家したいとか、兄上の世話になって自堕落に暮らしたいとか、そういう意味ではありません」

つい眉を吊り上げた葛根にあわてたのだろう。阿紀は軽く身体を引いて、細い首を忙しく横に振った。

「ただわたしは読み書きはともかく、算術は苦手です。葛根兄さまや好古兄さまみたいに打ち物や弓を操ることもできませんし、馬だってあの大きな目がどうも怖くって」

そういえば昔から阿紀をどうしても振り切りたいときは、馬に乗って出かければよかった。そんなことを思い出しながら、「ならばどうしたいのだ」と葛根は声を尖らせた。苛立ちのあまり、頰の端がぴくぴくと動いているのが自分でもわかった。

「仮にもおぬしは大宰大弐たる小野葛絃さまの次男なのだぞ。出仕は苦手だ、僧になる気もないではどうする」

「でも、やりたいことはあるんです。実はわたしは弘法大師さまの如く書を極め、それで世を渡れまいかと考えているんです」

「書だと」

書道は礼（儀礼）・楽（音楽）・射《しゃ》（弓術）・御《ぎょ》（馬術）・数（算術）と並ぶ六芸《りくげい》の一。百年ほど昔に生きた弘法大師空海《こうぼうだいしくうかい》は、書聖と称された晋《しん》の書家・王羲之《おうぎし》や唐国の顔真卿《がんしんけい》の書などを深く学び、いまだ本邦一の書家の誉れをほしいままにしている。その手蹟《しゅせき》が現在でも、京の朱雀門《すざくもん》や大極殿《だいごくでん》、はたまた美福門《びふくもん》を始めとする宮城十二門に掲げられた扁額《へんがく》に残されていることもあって、京人にとっては馴染み深い書家であった。

だが空海が能筆として世を渡り得たのは、そもそも彼が唐国から本邦に密教を伝え、桓武《かんむ》天皇から厚い帰依を受けた高僧であればこそ。空海と並ぶ書の上手と言われる嵯峨《さが》天皇や橘逸勢《たちばなのはやなり》とて、もともと高貴なる人物であるがためにその能筆を讃《たた》えられているのだ。大の男が書の才能一つで身を立てるなぞ、およそ聞いたためしがない。

「何を愚かなことを言っているんだ。葛絃さまが知られたら嘆かれるぞ」

太い息を吐いた葛根に、阿紀は頰を強張らせた。

この地における道真を見るにつけ、確かに才は身を助けるのは事実だろう。しかし一方であれほど学識ある道真が左遷された如く、人間、ただ才長けているだけではどうにもならぬことも多いのだ。

何の出世の糸口も持たぬ庶人《しょじん》であれば、己の学才一つを頼みに世渡りに挑むのも悪くない。だが阿紀は仮にも小野家の御曹司《おんぞうし》。ならば用意されている出世の道を、みすみす振り捨てずともよかろうに。

「で、ですけど、葛根兄さまだって最初は武芸の道で以て身を立てんと、衛府にお勤めになったではありませんか。それはわたしが書で生きていこうとするのと、何も変わらぬのでは」

「馬鹿を言え。おぬしとわたしでは、そもそも何もかもが違うのだぞ」

葛絃が後ろ盾に立ってくれたとはいえ、早くに両親を失った兄妹に立身の手段は多くなかった。だからこそ葛根は得意であった武芸の腕を磨いて、近衛府の武官となり、恬子はその才知を頼みに女房として出仕した。順調な栄達が約束されているにもかかわらず、あえてそれに背を向けんとする阿紀とはまるで境涯が異なるのだ。

「書が好きならば、それはそれで構わん。内裏ではとかく書き物が多いゆえ、能書の文官は喜ばれようからな。しかしだからといって出仕を拒み、筆一本の立身を志すなどとは、あまりに軽率な考えだぞ」

　自分で自分が嫌になるのは、こういう時だ。葛絃の息子である阿紀や好古がいかに忌々しくとも、結局、葛根は彼らに不親切ができない。葛絃の倅たちであればこそ彼らが憎らしく、その癖、どうしても世話を焼かずにはいられぬのだ。

「け、けど」

　葛根であれば理解を示してくれるはずと考えていたのだろう。阿紀の丸い顔にはいつしかぼろぼろと大粒の涙が伝っている。

　葛根は手巾《しゅきん》を探して、懐をまさぐった。だがあまりに急いで着替えたせいか、どれだけ探してもそれらしきものが見つからない。仕方なく、先ほど突っ込んだ道真の目録を引っ張り出し、「これで顔を拭け」と阿紀の手に押し付けた。

「わたしは何も聞かなかった。葛絃さまにも知らぬ顔をしておいてやる。だからそんな望みは早く忘れろ。父君に決して泣き顔なぞ見せるのではないぞ」

　泣き止むどころかいっそう激しくしゃくりあげ始めた阿紀に、従僕たちが目を丸くしている。それをじろりと睨みつけ、葛根は小走りに正殿の階を駆け上がった。

　歩廊《ほろう》を過ぎ、大宰大弐の執務室のある後殿へと飛び入った途端、軒下から雀《すずめ》の群がぱっと飛び立った。

　雀たちに寄ってたかってついばまれたのだろう。切れ端となった蚯蚓《みみず》の骸《むくろ》が、その後にぽつりと残されている。

それから無理やり目をもぎ離し、葛根はますます暗くなり始めた西空に目を据えた。雨の匂いが混じり始めた風が庭木を大きく騒《ざわ》めかせ、降り落ちた枯葉が蚯蚓の死骸を覆い隠した。

第三章

蟒蛇《うわばみ》

る。

葛根《くずね》が後殿《こうでん》に進めば、ここにも先ほどの正殿《せいでん》前同様、旅装の官人が三名、疲れた顔付きで腰を下ろしていた。いずれも旅塵《りょじん》に髪を汚し、膝前に抱えた菅笠《すげがさ》は端がほつれてい

中原貞遠《なかはらのさだとお》の言葉が正しければ、唐物使《からもののつかい》一行には大蔵省の官人も加わっているはず。旅に不慣れな様子から推すに、恐らくこの三人がそれに違いない。葛根は小走りになりそうな歩みを、懸命に鎮めた。

とはいえ、阿紀《あき》を相手に声を荒らげてしまった悔いが、いまだ心の底に沈んでいたのだろう。失礼いたします、と声をかけて殿宇に踏み入れば、藤原俊蔭《ふじわらのとしかげ》と卓を挟んで向かい合っていた葛絃《くずお》が顔を上げる。葛根をひと目見るなり、おや、と言わんばかりに首をひねった。

「いかがした、葛根。顔色が悪いぞ。なにか悶着でも起きたのか」

と問われ、葛根はあわてて笑みを繕った。

「いえ、そんなことは。博多津《はかたのつ》からの道中、いささか風が冷とうございましたゆえでしょう」

なるべく平静な口調で答えてから、藁座に胡坐《あぐら》をかいた俊蔭に今気づいたと言わんば

かりに向き直る。そのかたわらに膝行《しっこう》して、深々と頭を下げた。

「唐物使さまのご下向は聞き及んでおりましたが、そのお役目を果たされるのが藤原俊蔭さまとは。つい先ほど、博多津にて中原貞遠と出会いまして。あ奴より聞き、お目にかかれるのを楽しみにしておりました。はるばるのお運び、さぞお疲れでございましょう」

だが俊蔭は肉のついた顎をわずかに引いただけで、何も言おうとしない。重たげなひと皮瞼《まぶた》の下から覗く双眸は瞬きが乏しく、その癖、蛙《かえる》を狙う蛇に似た鋭い光を湛えていた。

藤原俊蔭は確か今年、三十四歳。壮年の割にその顔色がどす黒いのは、彼が宮城きっての酒豪であるためだ。宴席では周囲の賑わいをよそに一人で黙々と盃を重ねるが、もともと少ない口数は飲めば飲むほど更に減って行く。そんな不気味な飲み方に、衛府《えふ》の男たちはいつも、「あれは文字通りの蟒蛇《うわばみ》じゃな」「よくもまあ、あのように黙然と飲み続けられるものだ。お飲ませ申し上げるだけ、もったいないわい」と陰口を叩いていた。

一方で俊蔭は出世にはからきし欲がなく、相手が左右大臣であったとしても、決して媚《こび》を見せない。どんな時もただひたすら帝への忠節のみを貫く俊蔭は、平時であればこの上なく頼もしい官吏であろう。しかしながらこと今の大宰府からすれば、その生真面目さは甚だ手強いものであった。

「実はな、葛根。いま俊蔭どのからうかがったのじゃが、昨年、都に奉った京進の唐物にいささかの疑義があるそうだ。ゆえに俊蔭さまはこのたび、劉応衛《りゅうおうえい》なる唐国商人の持ち来った品を検領《けんりょう》なさるかたわら、昨年の京進物についても調べごとをなさる。ついては鴻臚館《こうろかん》と蕃客所《ばんかくしょ》にその旨を伝えておいてくれ」

そう命ずる葛紘の目の前には、問題のある唐物を列記したと思しき巻子が広げられている。象牙の高麗笛《こまぶえ》、瑠璃の香炉、越州産の秘色《ひそく》玉碗といった文字を盗み見ながら、

「かしこまりました」と葛根は一礼した。

「それと今宵は正殿にて、俊蔭どののご来着を寿《ことほ》ぐ宴を催そう。大盤所《だいばんどころ》（府庁内の料理をする所）に命じ、急ぎ酒肴の支度を始めさせよ」

「いえ、それには及びません」

目だけをきょろりと動かし、俊蔭は強い口調で葛紘の言葉を遮った。

いくら勅命を受けての大宰府下向とはいえ、官位で言えば俊蔭はいまだ正式な昇殿を許されぬ六位下。葛紘は一階上の従五位上。年齢も官歴も葛紘に及ばぬにもかかわらず、およそそれを頓着する気配のない態度に、葛根の眉の端はぴくりと跳ねた。

「慣れぬ旅路に、わたくしも従僕どもも疲れております。明日からの勤めをつつがなく果たすためにも、お心遣いのみありがたく賜り、本日は早々に宿所に向かいたく存じます」

宿所、という言葉に、葛根の背に冷たいものが走る。まずい、と胸の中で呻いて横目で見れば、そこはさすがは年の功、葛紘はふくよかな頬に愛想のいい笑みを浮かべている。「まあ、さように急がずとも」とのんびり俊蔭を制し、連子窓《れんじまど》の外に目を走らせた。

「まだ日も高いではないか。俊蔭どのは大宰府は初めてであろう。西の遠《とお》の朝廷《みかど》の殷賑もご覧いただきたいし、わたしも都を離れて間もなく三年。京のあれこれもうかがいたいものだ」

大宰府に限らず諸国の政庁にはすべて、公の使者が滞在できる館が備えられている。大宰府においてはそれが十条西一坊の南館に当たるが、かの館には現在、菅原道真が暮らしている。

確かに南館は広く、道真が自室を置いている対屋《たいのや》以外にも堂舎は幾棟もある。だがいくら築山《つきやま》や池で隔てられているといっても、まだ幼い紅姫《べにひめ》は遠慮なく他の堂宇《どうう》まで遊びに出かけようし、俊蔭の従僕が興味本位で道真の暮らしを覗き見る恐れとてある。

帝のみを主《あるじ》と仰ぐ俊蔭のことだ。道真を左遷に追いやった左大臣・藤原時平《ふじわらのときひら》に、己の見聞を告げ口する愚は働かぬだろうが、だからといって帝に直接言上《ごんじょう》されても、話はややこしくなる。

人の好さげな外見に似合わず、葛紘は頭が切れる。唐物使の下向を知った時から、一行を酒肴でもてなし、「夜更けから南館まで出向かれるのは億劫《おっくう》でございましょう」とでも言い繕って、自らの屋敷である北館に彼らを泊まらせるつもりだったのだろう。一度荷解きをすると、再度、宿所を変えるのは面倒になる旅人の気性を利用し、俊蔭たちを南館に行かせまいとしているのだ。

しかしあくまでにこやかに誘う葛絃に、俊蔭は「さようでございましたか」とにこりともせずにうなずいた。

「ならばそれは是非、わたくしの勤めがひと区切りついた後にお願いいたします。今のわたくしには、明朝からの調べ事と検領をつつがなく果たすことこそが肝要なれば、今宵は何卒《なにとぞ》ご容赦を」

言うが早いか、俊蔭は肉の多い体軀からは想像もできぬ素早さで立ち上がった。大股に後殿を出て行く足取りは目を疑うほど軽い。

「よ、よろしいのですか。大弐《だいに》さま」

その姿が見えなくなるや否や膝行した葛根に、葛絃は作り笑いを頰に刻んだまま、むむ、と太い息をついた。それをかき消すように前庭の方角が慌ただしくなったのは、俊蔭が下官や従僕に出立を命じたためだろう。そのざわめきに目を細めながら、葛絃は「——権帥《ごんのそち》さまは今、いずこにいらっしゃる」と吐息だけで問うた。

「先ほど、博多津でお目にかかりました。ちょうど今頃は、龍野三緒《たつののみつお》が南館にお連れ申し上げたところかと存じます」

俊蔭は能吏だ。無理やり府庁に引き留めれば、葛絃たちに後ろめたいことがあると看破しよう。その真意を探られるだけであればいいが、昨年の京進物のすり替えに関与しているやもなどと痛くもない腹を探られてはたまらない。

「急ぎ、観世音寺《かんぜおんじ》に知らせを走らせ、ご一行の宿所となすべく、堂舎を借り受けましょう。もしくは政庁の空いている倉なり長室《ながむろ》なりにお泊りいただく手配を」

大宰府庁の東に堂宇を構える観世音寺は、朝倉橘広庭宮《あさくらのたちばなのひろにわのみや》（福岡県朝倉市にあったと考えられる離宮）で没した斉明《さいめい》天皇の菩提《ぼだい》を弔うべく、息子の天智《てんじ》天皇が発願《ほつがん》した由緒正しき寺。大宰府庁が西国九国三島の国政を管轄下に置いているように、観世音寺は西国の全寺全僧尼を統轄する任を帯びており、その伽藍は都の東西両寺にも劣らぬ壮麗なものであった。

また奈良の東大寺、下野国《しもつけのくに》の薬師寺《やくしじ》とともに、僧尼が戒を受ける戒壇が置かれていることから、観世音寺には西国諸国からの修業僧も多く寝起きしている。それだけに唐物使一行の宿舎に宛てる堂舎なぞ、観世音寺にはいくらでも空いているはず。だがそう考えた葛根に、葛絃は打てば響く速さで、「無理だ」と首を横に振った。

「大宰府の宿所といえば南館であることぐらい、俊蔭どのはよくご存じでいらっしゃる。それにもかかわらず、なぜ寺や政庁内に泊まらねばならぬのかと疑いを持たれるのが関の山だ」

言いながら丸みのある顎を片手で撫ぜる葛絃の表情は、まるで今宵の夕餉について考えているかのように茫洋《ぼうよう》としている。ですが、と葛根は伯父に詰め寄った。

「あの道真さまを見られることを思えば、疑いを持たれる程度、大したことではありますまい。いえ、仮にあの方と直にお会いにならなかったとしても、美しく手入れされた南館を目にすれば、それだけで疑いを持たれましょう」

この夏、宇佐奉幣使《うさほうへいし》として南館を訪れた蔵人《くろうど》・藤原清貫《ふじわらのきよつら》は、深い慨嘆を装った道真に震え上がった末、折しも降り始めた雷雨に仰天して逃げ帰った。俊蔭にとって、藤原清貫は相役《あいやく》。当然、その一部始終は聞き及んでいるはずで、その見聞と己が目にした南館に齟齬があれば、不審を抱かれるのは間違いない。

「ふうむ。それじゃがなあ、葛根」

葛絃が何やら言いかけた時、「父上」と腹の底を揺らす低い声が後殿に響いた。小柄な青年が小走りに駆け込んで来るや、葛根の姿に細い目をあっと見開く。

「なにをぼんやりしている。久方ぶりの再会ではないか」

と葛絃に促され、仏頂面で頭を下げたのは、葛絃の長男である好古《よしふる》であった。

十八歳の若さ盛りとは裏腹にその背は低く、短い猪首《いくび》と四角い顎は厳《いか》つく盛り上がった肩に埋もれそうなほどだ。いったい誰に似たのか幼い頃から気ぶっせいで、学問よりも弓や馬を愛する無骨な若者であった。

「葛根さまにおかれましては、ご健勝のご様子。心よりお喜び申し上げます」

すらすらと述べる挨拶は礼儀に適《かな》っているものの、表情には愛想の欠片もない。阿紀とは異なり、葛根との再会を迷惑がっていることは一目瞭然であった。

半端に年が離れているせいか、葛根は好古と共に過ごした記憶がほとんどない。好古が少年となった頃には、葛根は近衛府《このえふ》への出仕を始めていたし、たまの休みの折に顔を合わせても、好古は葛根を露骨に避け、近寄って来ようとはしなかった。

それでも葛絃の手前を思えば、互いに歩み寄らぬわけにはいかない。「久しいな。宮仕えはどうだ」と葛根は精一杯の世辞を言った。

「はあ。ありがたいことに中宮大夫《ちゅうぐうのだいぶ》さまはもとより、相役の皆さまからもよくしていただいております」

「よかったな。しっかり励めよ」

そんなやりとりの間にも、前庭はますます騒がしくなり、厩から曳き出されてきたと思しき馬の嘶《いなな》きまでが響いてくる。

苛々と外を窺う葛根の焦燥に気づいていないわけではなかろうに、葛絃は相変わらず己の顋を撫でている。「よし」と呟くや、両手で己の膝を強く打った。

「ちょうどいいところに来た、好古。政庁内はすでに見て回り終えたのだな」

「さようでございます。政庁の西にございます大蔵や染所、作紙所まで庁官《ちょうかん》に案内してもらいました。もっとも、父君が案内を申し付けたあの龍野とやら申す官人め、新元号布告の後にいただいた酒がまだ残っておるとやら申し、途中でどこぞに姿を晦ましてしまいましたが」

大蔵とは管内諸国から届く米や財物を納める蔵、また染所とは官吏に下される官服や儀礼の際に用いる幡《ばん》や敷物を染める部署である。

酒好きの「うたたね殿」のことだ。官からの賜りものをいいことに、午前の宴席で浴びるほど酒を飲んだのに違いない。潔癖に顔をしかめた好古に、葛根は龍野保積《ほづみ》の酔態をつい胸に思いうかべた。

「まあ、それがあの保積のいいところなのだ。それより好古、もう一カ所、おぬしに見せておきたいところがある。これよりそこな葛根とともに、南館に行ってまいれ。ちょうど今から藤原俊蔭どのも、南館に赴かれる。ご一行について行けば、よかろうて」

「大弐さま、それは」

葛根は我が耳を疑った。だが葛絃はまあ待てとばかり片手を上げ、「いいな」と好古に念を押した。

「おぬしも存じていよう。南館にはこの春、大宰権帥に左降なされた元右大臣・菅原道真さまがお住まいになっておられる。かのお方がこの西国でどのようにお過ごしかを見ることは、必ずやおぬしのためにもなろう」

先帝の厚い信頼のもと、右大臣の顕職に上りながらも左遷の憂き目に遭った道真の不運は、都ではさぞ噂の種にされているのだろう。好古はあまり葛絃とは似ぬ四角い顔に、緊張を走らせた。

（いったい何をお考えなのだ）

もしや葛絃は好古に、菅原道真の真実の姿を見せようとしているのか。しかしそれであればなにも俊蔭とともに行かせずとも、機会を改めればいい話だ。

真意を問おうにも、葛絃はもはや話は終わったとばかり、にこにこと笑みを浮かべている。こういう時に食い下がっても無駄であると分かっているだけに葛根はしかたなく好古をうながして後殿を退いた。

折しも前庭から立ち去ろうとしている一行に歩み寄り、馬上の俊蔭に「お待ち下さい」と呼びかけた。

「大弐さまよりお供を申しつかりました。南館までご案内申し上げます」

そう断って先に立てば、短い秋の日はすでに西に傾き、行き交う人々の長い影が朱雀《すざく》大路《おおじ》を斑に染めている。

葛根との同行が不服なのか、好古はおとなしく背後に従ってはいるものの、ひと言も口を利こうとしない。葛根はそれをいいことに暮れなずむ大路の果てを睨み、「さて、どうしたものか」と胸の中で忙しく算を置いた。

左遷の身とはいえ、官位だけで比べれば道真はいまだ俊蔭より高位にある。ゆえにいま使っている対屋を俊蔭に明け渡す必要はないが、だからといって自室に隣接する正殿にこの一行が寝起きを始めては、気づまりこの上あるまい。

だいたい現在の南館は隅々まで手入れが行き届き、およそ憂憤に沈む権帥の邸宅とは見えない。果たしてそんなところに、帝の腹心を泊まらせていいものか。葛絃はいったいなにを考えているのだ。

ためらいのあまり、足が鈍る葛根に焦《じ》れたのだろう。好古が小さな咳払いをして、葛根を追い越そうとする。肩をぶつけるようにしてそれを制し、葛根は折しも見えてきた南館の門に目を据えた。

ことここに至っては、邸内を余さず修繕した安行《やすゆき》の生真面目さが恨めしい。そうでなくとも南館のある十条西一坊は大宰府の街区を貫く朱雀大路に面し、東西両市にもほど近い繁華な地。これではどこからどう見ても左降の貴人の蟄居《ちっきょ》先ではなく、ただの逗《とう》留《りゅう》先《さき》だ。

「開門、開門せよ。大宰府政庁よりの御使いとして、大宰少弐《だざいのしょうに》・小野葛根が参ったぞ」

わざとらしく声を張り上げ、葛根は丹塗りの色も冴《さ》え冴《ざ》えとした門を拳で打った。

葛根はこれまでこの屋敷を訪《おとな》った際、わざわざ名乗りなぞ上げはしなかった。それだけに珍しく格式ばった訪いに、これはただごとではないと勘付いたのだろう。待つ間もなく門を開けた味酒《うまさか》安行の顔は、歴然と強張っていた。

葛根の背後に続く男たちに目を移すや、そうでなくとも丸い安行の目が大きく見開かれる。落ち着け、と目顔で命じながら、葛根は早口に言葉を続けた。

「ここにおわすは都より唐物使として下向なさった、正六位下蔵人・藤原俊蔭さまでいらっしゃる。本日よりしばらく南館に寄寓なさるゆえ、権師さまにその旨を言上せよ」

「な、なんでございますと。ここにと仰いますか。し、しばしお待ちを。道真さまにお伝えしてまいります」

うろたえきった大声を上げ、安行は一歩後じさった。馬上の俊蔭の冷たい一瞥に足をもつれさせながら、門扉を片開きにしたまま走り出した。

すでに道真が帰宅しているのは、幸いだ。ただこれでは往来から、屋敷の内側が丸見えである。はてどうしたものかと葛根が困惑していると、「しかたがあるまいな」との呟きが背後で響いた。

振り返れば俊蔭が両足で馬腹を蹴り、門に向かって進み始めている。葛根を一瞥し、「この館は仮にも、大宰府の官舎だ」と相変わらず感情のうかがえぬ声を落とした。

「大路を行き交う衆庶の目に、邸内をさらし続けるわけにはいかん。ここは我らが南館に入り、早々に門扉を閉ざそう。権師さまとてそれであれば、勝手な真似をとは仰せられまい」

とはいえおそらく道真は博多津から戻ったばかり。つぎはぎだらけの指貫姿《さしぬきすがた》でうろうろしているやもしれぬところに一行を入れては、とんだ鉢合わせとなる。

しかしどれだけ考えを巡らせても、俊蔭を制止する口実が思いつかない。そうこうしている間に俊蔭は悠然と葛根の前を通り過ぎ、騎乗のまま邸内へと入って行った。

この主の態度には慣れているのか、櫃《ひつ》や葛籠《つづら》を背負った従僕たちが、ぞろぞろとそれに続く。その中に貞遠の姿が見えぬのは、一行とは別に博多津に留まっているためか。

しかたなくその後を追い、葛根は好古に手伝わせて門扉を閉ざした。ふと視線を感じて振り返れば、真新しい鞠《まり》を手にした紅姫が、透廊《すきろう》のかたわらからこちらをじっと見つめている。

物おじせぬ足取りで近づいてくるや、「ねえねえ」と澄んだ目で葛根を仰いだ。

「どうしたの、少弐さま。この方々はだあれ。父さまならつい今しがた、ご自室に戻られたばっかりよ」

怯《おび》えもせず話しかける紅姫に、葛根は内心、頭を抱えた。とはいえその口を力ずくで塞ぎ、尻を叩いてどこかに追いやるわけにもいかない。

俊蔭はそんな紅姫を一瞥すると、静かに馬から下りた。塵一つなく掃き清められた邸内を瞬《まばた》きの乏しい目で見回し、「使われておらぬ殿宇はおありか」と誰にともなく問うた。

「そこの西の対《たい》と侍所《さぶらいどころ》は誰も使っていないわよ。父さまは東の対からほとんど出て来られないから、お邪魔にもならないと思うわ」

止める間もあらばこそ、紅姫がはきはきと応じる。俊蔭はそうかと一つうなずき、従僕たちを顧みた。

「では我々は西の対の一角をお借りしましょう。なるべく物音は慎み、厠《かわや》や厨《くりや》もご迷惑はかけませせぬ。邸内の衆も我らのことはご放念くだされ」

自らより低位の者に対しても慇懃な物言いを崩さぬのは、俊蔭の癖である。とはいえどこか不穏とすら感じる言葉に合わせ、従僕たちが背の荷を下ろす。

さりながら餌を巣に運ぶ蟻《あり》に似て、黙々と立ち働く彼ら以上に葛根が驚いたのは、先ほどから俊蔭が眉一筋も動かさぬ事実だ。

道真はどこにいるのかとも問わなければ、目の前の紅姫に誰だとも尋ねない。その上、この邸内の美々しさにも関心を抱く気配を見せぬのは、どういうわけだ。

「厩はどこにございますかな。この馬は気難しいところがあるゆえ、半端な厩番には任せたくないのですが」

「そ、それなら、政庁の厩でお預かりいたしましょう」

急いで申し出た葛根に手綱を預けるや、俊蔭は西の対の沓脱《くつぬぎ》へと向かった。その規則正しい足音が建物の奥に消えるのと、安行が目を吊り上げて駆け戻って来るのはほぼ同時。

「か、唐物使さまは――」

　鉢植えの植え替えでもしていたのだろう。地面に並ぶ素焼きの鉢につまずきながら問う安行に、紅姫が目の前の対屋を指さした。

「西の対にお泊まりになられるんですって。あたくしたちには面倒はかけぬと仰ってたわよ」

　なんですって、と声高に叫び、安行がまたも東の対めがけて走り出そうとする。その袖をあわてて摑み、「権帥さまには当分、くれぐれもお気をつけていただくのだ」と葛根は口早に命じた。

「俊蔭さまは明日よりしばらくの間、毎日、博多津に通われる。それゆえ俊蔭さまがおわす間は決して、道真さまにかの津にお出ましいただいてはならん。南館でももちろん身を慎み、簀子《すのこ》や広縁にもお姿を出されぬように」

「は、はい。それはもちろんでございますとも。ですが万一、唐物使さまが道真さまにご挨拶をなぞと仰せられれば、いかが計らいましょう」

「今はご気分がお悪いとか、ご病臥《びょうが》しておられるとか適当に偽るしかあるまい。それよりも恐ろしいのは、道真さまをこっそり隙見せんとする不届き者が現れることだ」

　確かに、と安行は血の気の引いた顔を幾度もうなずかせた。もともと目鼻立ちが小さく、色の白さが貧弱な体つきをますます際立たせている男だけに、今にもその場に倒れ込むのではないかと案じられるほどの怯え顔であった。

「ではわたくしは本日より東の対の見張りに立ち、胡乱《うろん》な者が近づいて来ぬか見張ります。少弐さまはお手数ですが、龍野保積さまをお呼びください。あのお方にも手伝っていただきましょう」

「あ奴であれば、今日は新元号発布の祝い酒に酔いつぶれて役に立たん。それなら、わたしが手を貸してやる」

そこまで言って、葛根は内心膝を打った。そうか、葛絃が好古を連れて行けと言ったのは、この人手として使えとの意味だったのだ。

その好古は、葛根と安行がなぜ取り乱しているのか理解できぬらしく、目だけでしきりに二人を見比べている。己より頭一つ分小柄な従弟の肩を、葛根は強く叩いた。

「よし、おぬしも本日から、この南館に寝起きしろ。細かいことはこれなる味酒安行に聞くがいい」

「どういうことですか。わたしには何が何だか分かりません」

「うるさい。話は後回しだ。安行、こいつは伯父上の長男だ。唐物使さまご一行の動きが分かる部屋にでも、寝起きさせてやってくれ」

「なんと、それはありがたい。では若君、どうぞこちらへ」

反論しようとする好古を、安行が中門の内側へと引きずり込む。葛根は俊蔭から預かった馬を政庁の厩に届けると、代わりに好古が後殿に置きっぱなしにしていた荷を背負って、再び南館へ取って返した。

安行が好古に与えた部屋は、東の対・西の対の双方が一望できる正殿脇の渡殿《わたどの》の一間。葛根はその隣室を当座の詰所と定め、早速、その夜から俊蔭一行の見張りを始めた。

さすがの道真も、俊蔭と一つ屋根の下に暮らす危うさは承知しているのだろう。東の対はしんと静まり返り、辺りが暗くなっても灯火の揺らぎ一つ見えはしない。閉め切られた蔀戸《しとみど》が雨の臭いを孕《はら》み始めた風に鈍く軋み、邸内の静寂を更に際立たせた。

とはいえあの気ままな道真が、そういつまでも逼塞できるとは思い難い。翌朝からは酒が抜けた龍野保積も加えて見張りを続けながら、葛根は下唇を強く噛みしめた。

万一、事が露見したあかつきには、道真に関する一切は自分に非があると言おう。それで陸奥の僻地《へきち》あたりに左遷されたとしても、葛絃に咎が及ぶよりははるかにいい。いや、むしろそうやって葛絃を守ろうと思えばこそ、自分はこの地に来たのではないか。

だがそんな葛根の覚悟とは裏腹に、二日、三日と日が過ぎても、俊蔭はもちろんその従僕たちは、誰一人、道真に関心を示さなかった。一行は毎日、まだ夜が明けきらぬ先から博多津に出かけ、日が落ちるとともに西の対に戻ってくる。朝夕の食事は博多津で摂《と》っているのだろう。毎夕帰邸の後は翌朝まで対屋に引きこもり、南館の中央に広がる庭はおろか、簀子にすら、誰一人姿を見せなかった。

好古に尋ねれば、京から大宰府までの道中、俊蔭は博多津の賑わいや来日する異国の商人については口にしたものの、菅原道真にまつわることはひと言も言及しなかった。宿舎では毎晩、都から持参した京進物の記録と博多津で店を営む唐人・新羅人の帳簿を広げ、同行させた蔵部《くらべ》や佃長《かちょう》とあれこれ鳩首《きゅうしゅ》を重ねていたという。

「あれは長門国《ながとのくに》（山口県）の埴生《はぶ》駅でしたでしょうか。宿を借りた駅（公使用の宿舎）の長が、そういえば大宰府には左大臣さまのお怒りを買った元右大臣さまが左遷されておいでとか、と何気なく俊蔭さまに申し上げました。すると俊蔭さまはあの大きな眼でじろりと駅長を睨みつけ、かのお方が博多津を勝手にうろついておられるのであればともかく、南館に籠っておられるだけであれば、こたびの勤めには関わりがない、と言い放たれまして」

その厳しい口調に駅長はすっかりすくみ上がり、ほうほうの体で俊蔭の前から退いて行ったと聞き、葛根はふうむと吐息をついた。

道真が大宰府に左遷された本当の理由を、葛根は知らない。道真を大宰権帥に任じた詔《みことのり》にはただ、「道真は止足《しそく》の分を知らず、専横の心を抱き、皇位の廃立を行おうとした」としか記されていなかったからだ。

なるほど道真の娘の一人は、当今の異母弟・斉世《ときよ》親王の女御《にょうご》。ただ本当に道真が斉世親王の擁立を目論《もくろ》んでいたなら、それは天下を覆さんとするれっきとした謀叛《むほん》であり、左遷などという生ぬるい処罰で済むわけがない。それゆえ大宰府の官人たちはみな、道真はその図抜けた栄達を左大臣・藤原時平に睨まれ、無実の罪を着せられたと話しており、葛根もおおまかなところではそれが真実と考えている。

唐物使として下向してきた俊蔭は、冤罪《えんざい》が疑われる道真の処遇に関わり合うことは、自らの勤めではないと考えているのかもしれない。博多津を出歩いているのであればともかく――という弁も、いかにも俊蔭らしい。

念のために龍野三緒を博多津に遣わしてみれば、俊蔭は日がな一日、鴻臚館に残る書類を繰り、問題の京進物が博多津に置かれていた間の仔細を調べているという。鴻臚館に出入りした商人や官人、更には彼らの家族や昵懇《じっこん》の者にまで目配りする一方で、都から伴ってきた小舎人・雑色《ぞうしき》を片端から博多津の唐物 商《からものあきない》に遣わし、本物の京進物の行方を追っている。

「とはいえ博多津で店を営む唐物商は、上品下品《じょうぼんげぼん》を合わせれば凄まじい数に上ります。それらすべてを訪ね歩かんとなさり、苦労していらっしゃるご様子です」

中原貞遠が一向に南館に姿を見せぬのは、なるほどそれゆえか。どうやら唐物使一行の多忙ぶりは自分たちの想像をはるかに超えているようだと思った数日後の夕刻、俊蔭の従僕が単身南館に戻ってきた。

「お役目をつつがなく果たすため、唐物使さまは以後、鴻臚館に寝起きをなさるとの仰せです。お戻りはすべての勤めが終わられた後になろうかと」

と告げるや、西の対に残していた荷を用意の荷車に積み、暮れ始めた官道を博多津へと戻っていった。

「よ、よろしゅうございましたなあ。これでやっと枕を高くして眠れます」

安堵の吐息に振り返れば、龍野保積が門柱の陰から首だけを突き出し、大路を遠ざかる荷車を恐々と見送っている。

何をさせても覇気がなく、こちらの調子ばかり狂わせる男だが、それでもこの数日は日夜緊張を強いられていたのだろう。睫毛《まつげ》の濃い目の下には、黒い隈《くま》が浮いていた。

「まだ分からぬぞ。どうせすべての勤めが終わられたあかつきには、再びここにお戻りになるのだ。いい機会ゆえ、道真さまにはこのまましばらく、外歩きを止めていただくのだな」

南館から俊蔭が去ったとしても、博多津にはその従僕たちがうろうろしている。蔵人所に勤める者の中には道真さまの顔を見知っている者もいようからな、と葛根は釘《くぎ》を刺した。

すると保積は葛根に従って邸内に戻りながら、「確かにそれはお言葉通りなのですが」と西の対に恨めし気な目を向けた。

「道真さまが最後に博多津にお出ましになってから、すでに七日。昨日、道真さまに様子を見て来いと命じられて橘花斎《きつかさい》に顔を出したところ、幡多児《はたご》と高志《たかし》が凄まじい勢いで飛んで参りまして。ご存じかとは思いますが、わたくしは橘花斎では菅三道《かんさんどう》とは古馴染みという体になっておりますので」

幡多児たちからすれば、道真は善珠《ぜんじゅ》の店に出向いて以来、とんと橘花斎に顔を見せないこととなる。それだけに菅三道はいま善珠堂に雇われているのではないか、もし違うとすればなぜ橘花斎にやって来ぬのだと二人がかりで問い詰められて苦労した、と保積は思い出したように額の汗を拭った。

「そろそろ一度、橘花斎に出向いていただいた方がよろしいかと。あの幡多児のことですから、善珠が菅三道を隠していると思い込み、善珠堂に怒鳴り込むやもしれません」

「そんな真似をさせられるか。博多津にいらっしゃるところを俊蔭さまに見られでもすれば、それこそ言い訳が立たぬぞ。あのお方が内裏《だいり》で蟒蛇と呼ばれておいでなのは、何も飲んでも飲んでも乱れぬ酒のお強さだけが理由ではないのだ」

いいか、と葛根は保積を睨み下ろした。怯え顔で後じさるのに詰め寄りながら、「あとせめてひと月、ご辛抱いただけ」と低い声で命じた。

「俊蔭さまはご多忙だ。どれだけ調べと唐物検領が長引いたとしても、いつまでもこの地に留まられるわけがない。都にお戻りになられた後は、どれだけ博多津に出向いていただいても構わぬ。だからもうしばしは我慢していただくのだ」

俊蔭たちが手の内を明かさぬために、彼らの捜査がどこまで進んでいるのかは分からない。ただ南館から鴻臚館に居を移し、大宰府に戻る手間すら惜しみ始めたとなれば、俊蔭はよほど焦っているのか、それとも調べが大詰めを迎えているかのどちらかだ。

「はあ、承知いたしました。申し上げるだけはいたします。けど――」

みっしりと肉のついた肩を落とし、保積が小さく瞬きながら葛根を仰ぐ。水を浴びせかけられた野良犬そっくりの眼差しに、「けど、なんだ」と葛根は顔をしかめた。

「わたくしが申し上げたところで、道真さまがお聞き入れ下さるとは思えません。何のかんのと申しても、あの方は結局、ご自身の思うようにしか振る舞われませぬゆえ」

道真が大宰府に入った直後から、その挙動を間近に見聞してきた保積だけに、その推測は正しかろう。葛根は渡殿に向かうと、「もう政庁に戻っていいぞ」と好古に告げた。葛絃にことの次第を託《ことづけ》し、その足で道真の私室へと向かった。

すでに安行から報告を受けたと見えて、この数日、下ろされっぱなしだった東の対の蔀戸は、もはや夕刻にもかかわらずすべて開け放たれている。その真下の簀子で寝っ転がって書見をしていた道真が、葛根の足音に疎ましげに眼を上げた。

「明日からは博多津に行かせてもらうぞ」

と決めつける口調で吐き捨てた。

「愚かを仰せられますな。それが叶わぬことぐらい、ご承知でしょうに」

見回せば、広縁の端に座っていた保積が、顔を哀し気に歪めてこちらを見つめている。腹の中で舌打ちをすると、葛根は階《きざはし》を一息に駆け上がった。道真の傍らに胡坐をかき、「よろしいか」とぐいと身を乗り出した。

「俊蔭さまがこの屋形のありさまに関心を持たれなかったのは、あくまでたまたまなのです。さすがにそなたさまが博多津を自在に歩いているのを目になされば、あのお方とて知らぬふりはなさいますまい」

「まったくうるさいのう。あ奴らの目に付かぬようにすればいいのじゃろうが」

「そなたさまは唐物使さまご一行の顔を、末の者まですべて見覚えているのですかッ」

たまりかねて拳で床を打った葛根に、保積がひっと悲鳴を上げて飛び上がる。道真はめんどくさそうに舌打ちをするや、読みかけの書物をぽいと背後に投げ捨てた。勢いをつけて簀子から起き直り、「ならばわしも言わせてもらうがな」と痩せた顎を傲然《ごうぜん》と上げた。

「そもそも俊蔭が大宰府まで来たのは、昨年の京進物に懈怠《けたい》があったからと聞いたぞ。つまりおぬしら大宰府政庁の者がしかと検領を行い、鴻臚館に置かれた京進唐物を見張っていれば、かような羽目にはならなかったはずじゃ」

「なんでございますと」

項の毛が逆立つのが、肌で分かる。葛根は両の手をぐいと拳に変えた。そうでもせねば怒りのあまり、目の前の道真に摑みかかってしまいそうであった。

「仮にもこの地は、日本《ひのもと》の西の門口じゃ。それをまあ、政庁の者は片言の唐語すら話せず、鴻臚館に詰める官人どもも唐物を見定める眼を持たぬと来ておる。そりゃあこたびの如き目にも遭うじゃろうよ」

それだけではない。たとえば博多津に入った唐物商の荷を目録に作る時、蕃客所の官吏は唐物の良し悪しを区別できぬため、商人の申し出た品名をそのまま巻子に記載している。だがそもそも商人とは、己の手許にある品を一文でも高く売るのが生業。そのため蕃客所の役人の作った目録においては、燃やしても煤《すす》しか出ないような安い香木が高価な黄熟香《おうじゆくこう》や伽羅《きやら》に、潮水を浴びて何が記されているのかも分からぬ古屛風《ふるびようぶ》が大唐・高宗《こうそう》に仕えた名画人・閻立本《えんりつぽん》の記した人物図に誤記されている、と道真はまくしたてた。

「おかげでそれらの品物が鴻臚館での市に出た時の騒ぎと来たら、大変なものなのじゃぞ。唐物を買おうとする商人のうち目の利く者は、どこが伽羅だ、どこが閻立本だと文句を言い、まったく目がないものはその隙に無理やり唐物を買おうとする。目利きが呼び立てられ、贋作《がんさく》じゃいや真作じゃと怒鳴り合い、果ては摑み合いの喧嘩《けんか》まで起こる始末じゃ」

まったく、それもこれも官吏がしっかりしていればのう、と付け加え、道真はわざとらしい溜息をついた。

「帝に奉る唐物は博多津の名だたる目利きが目を皿のようにして調べ、万に一つの疑いもない品と請け合い、初めて京進が決まると聞く。つまりは結局それもまた、他人が頼り。加えてどこかでそれらがすり替えられても気づかなんだとは、結局は蕃客所の者どもの落ち度であろうが」

「し――しかたがありますまい。蕃客所の務めは、何も商いを見張るだけではないのです。博多津に暮らす唐人・新羅人の名籍《みょうじゃく》（戸籍）の管理、出入りする船の取り調べ、帰化を願い出る外国人《げこく》の調査……気ままに唐物をもてあそんでおられる道真さまに、かように言われる筋合いではありませぬ」

道真の言葉も一面ではもっともだ。しかしここでそれを認めては、道真はそれ見たことかとばかり橘花斎に出かけるだろう。それだけは何としても避けねばならない。

だいたい、と葛根は声を荒らげた。

「道真さまはかような鴻臚館の内情など、お知りいただかなくても結構なのですッ。とにかく俊蔭さまがおいでの間は、決して博多津にお出ましになりませんように」

「ふん、わしはこれでも大宰権帥じゃぞ。正しき大宰府の長官たる大宰帥には及ばぬとしても、権官《ごんかん》として官港である博多津を検察してどこが悪い」

かつての大宰府では帥（長官）が政《まつりごと》の全権を担っていた。しかしこの百年近く、帥は任命されず、代わって次官である大弐がその務めを果たしている。権帥とは表向きは帥に次ぐ官職であるが、実際は左遷された者が名目上与えられる役職に過ぎない。それを誰よりも承知していいように、いけしゃあしゃあと建前を振りかざす道真に、葛根はその場に跳ね立った。

「そなたさまのようなお人を上役に持った覚えはありませぬッ。心得違いも大概になされよッ。――保積ッ」

「は、はいッ」

舌をもつれさせた応えとともに、保積が強張った顔を上げる。それを睨《ね》めつけ、葛根は道真を指さした。

「このお方をよくよく見張り、決して大宰府の外にお出しするな。もし違《たが》えれば、おぬしどころか三緒の今後にも差し障ると心得ろ」

「おいおい、保積の倅は関係なかろうて。弱き者を苛《さいな》むは小人の行いじゃぞ」

「そなたさまに言われたくはありませぬッ」

とはいえ、この程度の制止で道真がおとなしくするとは思い難い。葛根は南館を飛び出すと、その足で大宰府の西北にそびえ立つ水城《みずき》へ向かった。

大宰府はもともと、異国からの侵略に備えて築かれた町。それだけに博多津から大宰府に至るには、水城に穿たれた東西門のどちらかを必ず通らねばならない。

甲冑に鉾《ほこ》を手挟《たばさ》んだ警固の衛士たちが、少弐たる葛根の姿にあわてて威儀を正す。巨石を門柱とした東門の傍らにたたずむ隊正《たいせい》（隊長）に、葛根は小走りに歩み寄った。

「年の頃は六十手前、古びた水干に括袴《くくりばかま》を着したやせっぽちの小男が、以前から時折、東西門を通って博多津に出向いていたはずだ。庁官の龍野保積が付き従っていた折もあるやもしれん。明日以降、そ奴を見かけたら、決して通してはならぬ。力に物を言わせてでも、行く手を塞げ」

「はあ、それは大弐さまのご下命でございますか」

水城がこの地に築かれた当時、日本は新羅・唐と戦《いくさ》の最中にあった。それゆえ水城の堀も土塁も、すべては大宰府の羅城《らじょう》を守らんためのもの。しかしそれから二百年あまりを経た今では、もはや戦が起きる気配などどこにもない。

おかげで水城に配された衛士の主な勤めといえば、土塁に茂った草木を取り除いたり、堀で泳ごうとする子どもを追い払ったりする程度。武具に身を固めてはいても、その態度は府庁に詰める衛士に比べ、どこか弛緩《しかん》している。

細い目を眠たげにしょぼつかせる五十がらみの隊正に、「わたしの命令だ」と葛根は声を尖らせた。

「それともおぬし、少弐の下命には従えぬと申すか」

「いやいや、さようなことは。確かに承りました」

名前までは知らないが、確かこの隊正は葛根が初めて大宰府に着任した時から、水城の門の警固に当たっていた。

髭に覆われた口元は締まりがなく、それだけで日頃の勤めぶりが漠然と推量できる。しかしだからといって、これ以上念を押してもしかたがない。とにかく頼むぞ、と強い口調で言い捨てて、葛根は政庁に向かった。

すでに日没間近とあって、中庭を囲む官衙《かんが》からは人影が絶えている。それでも正殿を経て後殿へと向かえば、大弐の自室には一穂だけ灯《ひ》が揺れ、卓子に向かう葛絃の影が壁に大きく伸び上がっていた。

「おお、戻ったか、葛根。好古から話は聞いたぞ、ご苦労だったな」

穏やかに笑う伯父に、葛根は大きく息をついて、肩の力を抜いた。

「底意地が悪うございますぞ。俊蔭さまが権帥さまに関心を持たれぬのではとお思いだったのならば、もっと早くにお教えください」

「わたしが口で伝えるよりも、おぬし自身の目で見た方が得心できようと思うたのでな。なにせおぬしはこのところ、道真さまに思い入れが深く映るゆえ」

「わたくしがですか」

葛絃にしては珍しい勘違いに、ついつい眉根が寄る。しかし葛絃はそれに頓着する気配もなく、「まあ、今夜はゆっくり休め」と目を細めた。折しも吹き入った隙間風が灯火を揺らし、背後の壁に落ちた影をゆらゆらと不気味に揺らした。

大宰大弐は歴代、後殿の北西に建つ北館と呼ばれる官舎を自邸とするのが慣例。とはいえ北館はあまりに広大で空いた堂舎も多いため、葛根も大宰府着任以来、その一棟を借り受けて寝起きしている。

まだ仕事が残っているという葛絃に一礼して北館に向かえば、煌々《こうこう》と灯《あか》りがともされた厨から、旨そうな煮炊きの匂いが漂って来る。

都から諸国に赴任する受領《ずりょう》の中には、任地に妾《めかけ》を置き、子まで産ませる者も数多い。だが葛絃は決して女子を身近に寄せず、下僕の老爺とその連れ合いに北館の切り盛り一切を任せていた。

「あっ、葛根兄さまだ。お帰りなさい」

弾んだ声に目を上げれば、厨の門口から阿紀が転がるように駆け出してくる。都の自邸では厨への出入りなぞ許されなかったであろうに、旅先の気安さから手伝いを買って出たらしい。その片手には、煤けた火吹き竹が握られていた。

「あのね、兄さま。お尋ねしたいことがあるんです」

「任官せずに済む手立てなら、わたしは知らんぞ」

つい険しい物言いになった葛根に、阿紀は一瞬、目に見えぬ刃《やいば》で斬りつけられたような顔をした。だがすぐに小さな唇を気丈に引き結び、「そんな話じゃありません」と艶やかな髪を揺らして、首を横に振った。

「わたくしと好古兄さまが大宰府に着いた日のことです。兄さまは調度か部屋飾りと覚しき品の目録をお持ちだったでしょう。あれはいったい、どなたが記されたものですか」

「目録だと」

俊蔭の到着以来考えねばならぬことが多すぎ、とっさに何の話か分からない。目をしばたたいた葛根に、ほら、と阿紀は焦れた様子で畳みかけた。

「わたくしが則天門脇で兄さまにお目にかかった時です。これで顔を拭けと一枚の紙をくださったではないですか」

「ああ、なるほど」

道真が記した唐物の目録だ。道真が怒りのあまり往来でまき散らしたその一枚を摑み取ったことを、葛根はうんざりと思い出した。

「詳しくは言えぬが、あれはとある男がしたためた唐物の目録だ。それがいったいどうした」

「唐物……そうか、欧陽詢《おうようじゅん》断簡だの玉鴉《ぎょくよう》だのといった字があったのは、それゆえだったのですね」

嫌な予感を覚え、葛根は「それがどうした」と口調を硬くした。しかし阿紀はそんな葛根とは正反対に面上に喜色を浮かべ、「ぜひ、そのお方にわたくしをお引き合わせください」と声を昂《たかぶ》らせた。

「兄さまもご覧になられたでしょう。王羲之《おうぎし》風の楷書で記されたあの字のなんと流麗であったことか。かの五筆和尚（空海）も橘秀才（橘 逸勢《たちばなのはやなり》）も嵯峨《さが》院（嵯峨天皇）さまも、あの目録の手蹟には到底及びますまい。ただいま都の内裏に掲げられた十二門の扁額が、すべて霞《かす》んでしまうほどの達筆ではありませんか」

実のところ葛根は、喚き続ける道真を連れ帰る手立てばかり考え、まき散らされた目録などまともに見ていなかった。

なるほど道真は確かに祖父以来の私塾・菅家廊下《かんけろうか》を主宰し、国史の編纂《へんさん》を命じられもした稀代《きたい》の大学者。それだけに彼が達筆であろうことは今更疑うまでもないが、その多彩な書風を自在に操った空海や隷書《れいしょ》を得意とした橘逸勢、更には大唐の書家・欧陽詢にも劣らぬと讃えられた嵯峨天皇に勝るとは、少々褒め過ぎではあるまいか。

さりながら阿紀は両手を胸元で重ね、「わたくしは――」とぶるっと身体を震わせた。その頬はいつの間にか紅潮し、まるで酒に酔ったかの如く双の眸《ひとみ》が潤み始めていた。

「これまで本邦はもとより唐天竺《からてんじく》の書家の筆まで、あらゆる書を学んで参りました。ですがあのように一分の隙もなく美しき書に出会ったのは、初めてです。そのお人は如何《いか》なる御身分のお方ですか。お年は、お住まいは。弟子はすでに取っておいでですか」

「わ、わたしは何も知らん。その男については、人づてに噂を聞いただけなのだ」

何せ阿紀はまだ弱年、しかも筆一本で立身しようなぞという世間知らずな夢を抱いている最中である。そんなところにあの目録の書き手を教えれば、阿紀はますます官人としての将来に背を向けてしまうやもしれない。

阿紀が可愛《かわい》いわけではない。本音を言えばむしろその反対だが、だからといってこの少年の前途を迷わせては、葛絃に顔向けができない。「本当に知らぬのだ」と葛根はもう一度繰り返した。

「そんなことはないでしょう。だって先ほど兄さまは、そのお方が唐物の目録を作ったとご存じだったではないですか」

「いや、知っているのはそれだけなのだ。なにせその男は博多津にいたらしくてな。かの地には唐を始めとする異国の商人も、多く出入りしている。もしかしたらそ奴は、外国の商船に乗り込んでいた男かもしれん」

苦しい言い訳であると百も承知だ。それでもどうにか阿紀を諦めさせねばと言葉を連ねる葛根に、阿紀はまたも唇を引き結んだ。その表情はおとなび、こちらの言葉を信じていないのが歴然と知れる。

厨で飯が炊きあがったのだろう。炊飯の匂いはいよいよ香しく、夜の闇の底に垂れ込めている。後殿の方角で鴉《からす》がひと言、しゃがれた啼《な》き声を上げた。

第四章　美福門は田広し

四書五経を始めとする外典《げてん》の学習は、文武を問わず、官人を志す者には必須の教養である。それだけに葛根《くずね》とて物心つく以前より素読に親しみ、暇さえあれば書の稽古に励んできた。

小野《おの》氏は外交に関わる官人を多く輩出してきただけに、一家の中には文人の才を有する者も多いが、中でも葛根たちの祖父に当たる小野篁《たかむら》は天下無双、興味優遠の詩文をよくする才人と讃えられた。篁はまた草書・隷書を書かせれば王羲之《おうぎし》・王献之《おうけんし》父子にも劣らぬ能筆で、書を学ぶ者はみなその筆を師模《しぼ》（手本）としたという。

篁はかれこれ五十年近く昔に亡くなったため、葛根は祖父の人柄を人づてにしか知らない。しかもそのほとんどは、遣唐副使に任ぜられたにもかかわらず大使と仲違《なかたが》いして船を下り、帝の怒りを買って隠岐国《おきのくに》に流されただの、恩赦を受けて朝堂《ちょうどう》に復帰した後も、納得できぬことは決して譲らず、公卿たちの手を焼かせただのといったろくでもない噂ばかり。一方で葛絃《くずお》が伝領《でんりょう》（相続）した五条西洞院《にしのとういん》の屋敷の蔵には、篁が筆を揮《ふる》った書屏風・書巻を始め、形見の筆や硯が山ほど残されていた。

それだけに阿紀《あき》が書に優れた官吏として出仕を始めれば、宮城の人々はさすがは小野篁の孫だと褒めそやすだろう。奔放な書を書くことで知られる当今《とうぎん》（醍醐《だいご》天皇）も、若い能筆に目を留めるに違いない。とはいえそれと、筆一本での立身を志すべきかどうかは別の話だ。

書には篆書《てんしょ》・隷書・楷書・行書・草書の五体がある。それらすべての書体に秀でたことから五筆和尚と呼ばれた弘法大師空海《こうぼうだいしくうかい》ならばいざ知らず、並の者ではせいぜい一種か二種の書に優れるのがいいところ。あの篁ですら、草書・隷書以外の書では人並みの筆しか揮えなかったのだ。まだ若い阿紀如きが、どれほどの書をものにできよう。

（まったく――）

自室の臥所《ふしど》に入って目を閉ざせば、不満げにこちらを見上げる阿紀の顔が眼裏にぼんやり浮かび上がってくる。およそ子どもらしからぬ恨みがましい目つきがますます苛立たしく、葛根は夜通し輾転反側《てんてんはんそく》を繰り返した。しかも翌朝起き出してみれば、当の阿紀の姿が北館のどこにも見当たらない。

朝の早い葛絃はすでに、後殿で執務を始めているのだろう。厨の隣の板間では、好古がまだ秋口にもかかわらず炭櫃《すびつ》を引き寄せ、羹《あつもの》（汁）と飯だけの簡素な朝餉を掻き込んでいる。

阿紀は、との葛根の問いに面皰《にきび》の目立つ顔を上げ、「存じません」とぶっきらぼうに答えた。

「水城《みずき》か観世音寺《かんぜおんじ》でも、見物に出かけたのではありませんか。昨夜、厨番の老婆に府庁周辺の道をあれこれ尋ねていたようです」

「見物だと」

平安京よりも昔に築かれた羅城《らじょう》だけに、確かに大宰府近辺には多くの名所旧跡が残されている。とはいえ書以外に関心なさげなあの少年が、朝早くから物見遊山《ものみゆさん》に出かけるとも考えがたい。嫌な予感を覚え、葛根は取るものも取りあえず北館を飛び出した。

折しも出仕の時刻とあって、正殿《せいでん》前の中庭では多くの庁官《ちょうかん》たちが挨拶を交わし合っている。そんな中、葛根の姿に気づくや、わざわざ近づいてきて淡緑色の官服の腰を折ったのは、公文所《くもんじょ》の大典《だいさかん》・秦折城《はたのおりき》であった。

「これは少弐《しょうに》さま、ちょうどよいところに。昨日、またも素晴らしい白磁の皿を手に入れまして。少弐さまさえよろしければ、今夕にでもお目にかけとうございますが」

「後にしてくれ。今はそれどころではないのだ」

よほどその皿を気に入っているのか、折城の丸い顔には隠しきれぬ笑みが滲《にじ》んでいる。それがなおさら焦燥を駆り立て、葛根は邪慳《じゃけん》に折城を押しのけた。

その癖、厩に向かいかけた足をふと止めたのは、狼狽する姿を官吏たちの目にさらし、妙な噂を立てられてはならぬと考えたためだ。しかたなく焦りに奥歯を食いしばりながら府庁の門を歩み出れば、水城の東門の傍らでは今日も警固の衛士《えじ》たちが賑やかに笑い合っている。

夜のうちに雨が過ぎ、今朝は雲一つない上天気。それだけに門を行き交う老若男女は常にも増して多く、陽気なしゃべり声が枯草の目立ち始めた土塁にこだましていた。

「おお、朝早くから商いか。かように巨大な葛籠《つづら》を背負ってとは、ご苦労だなあ」

隊正《たいせい》が昨日から更に伸びた無精髭を片手で撫でながら、従僕を三人も連れた商人に朗らかな声をかけている。かねての懇意なのか、最近の商いはどうだと続けようとしたその腕を、葛根は背後から摑んだ。

「下げみずらの男児が、ここを通らなかったか」

と、険しい顔で詰め寄った。

「年は八つ。とはいえ小柄ゆえ、まだ五つ六つにしか見えぬだろう。昨日は小紫の水干に白練《しろねり》の括袴《くくりばかま》だったが、今日の風体は異なっているやもしれん」

「通りましたぞ」

あっさりと言い放ち、隊正はまた門を通ろうとする者に手を振った。今度は背負った籠いっぱいに蔬菜《そさい》を入れた、妙に化粧の濃い中年女であった。

「なんだと」

「あまりに子柄《こがら》がよく、つくづく一人歩きが似合わぬお子とは思いましたがね。少弐さまは昨日、六十手前のしなびた棗《なつめ》の如き男は通すなと仰せられました。されど幼子については、何も聞いておりませなんだもので」

葛根は道真の容貌を説明するに際し、しなびた棗なぞのたとえは使わなかった。しかし改めて言われれば、頬骨の目立つ道真の痩せた顔は、確かにそんな趣きがある。

血相を変えた葛根に恐縮する風もなく、隊正は門の向こうに顎をしゃくった。

「追われるなら、早い方がよろしいかと存じますよ。なにせ日の出とともに通りましたので、そろそろ博多津《はかたのつ》に着いている頃合いかと」

「阿紀は博多津に行くと申していたのか」

詰め寄る葛根に、隊正ははいとうなずいた。

「ここから博多津までどれぐらいかかるのかと問われましたからね。さすがにまだ子どもです。まったく違う行先を尋ねて、追手を煙《けむ》に巻くほどの悪知恵はありますまい」

目録の書き手はどこの誰かも分からない、もしかしたらすでに博多津を離れてしまったかもしれない、という葛根の言い訳を、昨夜、阿紀はまったく信じていなかった。それゆえ阿紀は従兄があてにならぬのであれば、自らあの書き手を探そうと思い定めたのに違いない。

阿紀を年若と侮るべきではなかった。自分はどうしてもっとまともな嘘をつかなかったのか。心の中でそう歯噛みして、葛根は東門を飛び出した。

あまりに気が急《せ》いていたために、それを見送る隊正が長い顎をぽりぽりと掻き、「――まあいいか」と小声で呟いたことなぞ、皆目気づいてはいなかった。

海が近いせいで、官道を覆う秋空は大宰府から仰ぐそれよりなお高く、指先ほどに小さな蜻蛉《あきつ》が群れを成して飛び交っている。とはいえ必死に足を急がせる葛根の眼には、眩い秋陽も淡くたなびく絹雲の美しさも皆目映ってはいなかった。

これだから子どもは嫌いなのだ。彼らに対し、大人がどれだけの配慮をしているかなぞ、考えようともしない。

阿紀に目録の書き手を告げなかったのは、菅原道真の身の安寧を——ひいては彼を見守り続けている葛絃のためを思えばこそなのだ。そして葛絃のつつがない大宰府勤めは、阿紀自身の将来をも左右するというのに。

しかしながら、博多津は広い。ましてや藤原の配下がほうぼうの唐物商《からものあきない》を巡っている最中、官服姿の葛根が下手に湊を走り回っては、どこでばったり顔を合わせるか知れたものではない。

「ええい、やむをえん。幡多児《はたご》の世話だけにはなりたくなかったが」

博多津は騒がしい街だが、今日は常にも増して荷車や人足があわただしく行き来している。新しい船が津に入ったらしいと考えながら、葛根はなるべく人気《ひとけ》のない路地を選び、橘花斎《きつかさい》のある大路へ向かった。

幡多児はおよそ信頼がおけぬ老婆だが、銭と欲に対してはいっそ清々《すがすが》しいほどひたむきである。かねて大宰府庁への出入りを目論んでいる彼女だけに、葛根が折り入ってと頼み込めば、手伝いを拒まぬはずだ。

「いるか、幡多児。手を貸してもらいたいことがあるのだ」

大声でそう呼ばわりながら橘花斎の土間に踏み入れば、唐物の入った箱が積まれた土間の角で、ひょろりとした影が立ち上がる。半白の髪に萎《な》え烏帽子《えぼし》、継《つ》ぎの当たった括袴から突き出した細い足に、葛根は我知らずぽかんと口を開けた。

「みちざ――」

何故だ。何故この男がここにいる。葛根は昨日隊正に、この男だけは大宰府から出すなと命じたはずだ。

思わずその名前を呼びかけた刹那、店の片隅から龍野保積《たつののほづみ》が凄まじい勢いで飛んできた。葛根にしがみつくようにして足を止め、「こ、これは少弐さま。かような時刻からお珍しゅうございますな」と強引に葛根の言葉を遮った。

その細い目は落ち着きなく左右に揺れ、葛根の顔をまともに見ようとしない。気の毒なまでの狼狽ぶりがかえって、葛根の驚愕《きょうがく》を覚ました。

「今日はこれなる菅三道《かんさんどう》が久々に橘花斎に来ると聞き、わたくしも顔を出したのでございます。何でもこ奴はこの七日ほどひどい頭病《ずや》みに悩まされ、ずっと家で唸《うな》っていたそうで」

「独り身はこういう時に困るとは、端から分かっていた話じゃ。似合いの後家がおるゆえ、ともにうちの店裏に住めばよいと、ずっと誘っておるのにのう」

幡多児が上がり框《かまち》から、話に割り込む。道真――いや、菅三道が善珠堂《ぜんじゆどう》に勤め替えしたわけではないと知って機嫌がいいのか、普段の渋面《じゆうめん》が信じられぬほど弾んだ口調であった。

「それにしても、またも少弐さまがお越しとは。そういえば、少弐さまは『荘子《そうじ》』をご存じでございますか。かの逍遥遊篇《しようようゆうへん》によれば、北海の彼方には身の丈数千里に及ぶ鯤《こん》なる巨魚がおり、やがて変じて翼の長さ数千里の鵬《ほう》なる巨鳥と化すとか。これらを対であしらった瓶子《へいし》が本日、店に入りましてな。今後のご立身を請け合う、めでたい品かと存じますが、いかがでございますか」

「そんな品は要らぬ。実は人探しを頼みたいのだ」

本当であれば、すぐにでも道真を大宰府に連れ帰りたい。だが今はまずは阿紀だと思い直し、葛根は手早く阿紀の身なりについて告げた。欲深な幡多児が手柄を他人に分け与えるわけがないと途中で考え直し、「実はその子は、大宰大弐《だいに》さまの次男坊でいらっしゃる」とも付け加えた。

「ほう、大弐さまの」

幡多児の双眸が雲母《きら》を刷《は》いたかの如く光る。それはそれは、と言わんばかりに、骨ばった手を素早くこすり合わせた。

「知っておるだろうが、博多津には今、唐物使《からもののつかい》さまがお越しだ。大弐さまのお立場もあり、ご子息が一人で博多津をうろうろしているなぞ、あまり表沙汰にしたくない」

「なるほど、それはごもっとも。もう五日あまり前になりますか。うちの店にも唐物使さまのお使いがお越しになられましてなあ」

幡多児は手許の帳面を音を立てて閉ざし、色の悪い唇を歪めた。

「やれ、私市《しし》（官許を得て行われる民間交易）の記録を出せだの、この書き付けにある品を扱った覚えはないかだの、しつこくご詮議を受けましたわい。どうやら胡乱な唐物を扱っておるのではとお疑いらしく、果てはこの二年の間に商った品の帳面まで全部持って帰られました。まったくこの橘花斎が、汚い商いなぞするわけありませぬのになあ」

腹立たしげに舌打ちしてから、「ともあれ、かしこまりましたわい」と幡多児は言葉を続けた。

「店の者に命じて、津をくまなく探させましょうぞ。一、二刻お待ちくだされ」

「分かった。よろしく頼む」

横目でうかがえば、道真は土間の唐物を片端から検め返し、手許の紙片に値段らしきものを記している。目利きの最中と見えてその横顔は真剣だが、だからといって今この時期に博多津を出歩く危うさを承知していないはずがない。

おい、と保積を促し、葛根は橘花斎の三和土《たたき》を通り抜けた。裏口を勝手に開け、道真が荷を預けていた長室《ながむろ》の前まで歩んでから、暗い顔で付いてきた保積を「どういうことだ」と睨んだ。

「おぬしの耳はただの飾りか。あとひと月は外歩きは止めていただけと申したのを、忘れたわけではあるまいな」

「も、申し訳ありません。ですが道真さまから是非にと言われては、抗《あらが》いようもなく――」

「だいたいどうやっておぬしら、水城の門を抜けた。まさか官道を逸《そ》れ、大城山《おおぎやま》や天山《てんざん》(天拝山)を越えてきたのではあるまいな」

大宰府は北を大城山、南を天山という山に囲まれており、北西に空いたわずかな隙間を水城が塞ぐ要害である。それだけに近隣の山々への勝手な立ち入りは禁じられており、誰であれ大宰府への出入りには水城の門を通らねばならない。

だがますます眉を吊り上げた葛根に、保積は滅相もないとばかり、ぶんぶんと首を横に振った。

「そんな恐ろしい真似を、誰がわざわざするものですか。ちゃんと水城の東門を通って参りましたとも」

「嘘を言うな。わたしは昨日、東西門を守る隊正に権帥《ごんのそち》さまの風貌を告げ、このような男が来たら、決して通さず追い返せと命じたのだぞ」

　声を荒らげた葛根に、保積は太い眉を怪訝そうに寄せた。

「その隊正とは、神岡三百樹《かみおかみおき》どののことですかね」

「名前なぞ知るか。馬面で無精髭を生やした五十男だ」

「それが三百樹どのですよ。神岡家はわが龍野家同様、先祖代々の庁官。大宰府の衛士《えじ》司《つかさ》の介《すけ》を務めるお家柄です。とはいえお役目が異なるため、これまでほとんど言葉を交わす折はなかったのですが」

　保積はそこまで言って、顔色をうかがう目で葛根を仰いだ。

「まことに申し上げづらいのですが、本日、道真さまと私を通してくださったのも三百樹どのです。なにせこの半年近く、道真さまは頻繁に水城の門を行き来していらっしゃいますから。三百樹どのは道真さまの正体はご存じないながらも、あのお方のことをご容貌にちなんで古棗《ふるなつめ》どのと呼び、また道真さまは三百樹どののことを勝手に比羅夫《ひらふ》どのと呼ばれ、門を行き来するたびに親しくなさっておいでです」

　比羅夫とはまだ都が大和国飛鳥《やまとのくにあすか》に置かれていた古《いにしえ》、蝦夷《えみし》討伐や百済《くだら》救援のためにたび重なる従軍を繰り返した将軍・阿部《あべの》比羅夫にちなんだ仇名《あだな》であろう。

　なるほどそう聞けば、あの隊正が突然道真を古棗にたとえた理由も分かる。とはいえ仮にも大宰府の警固に当たる身で、少弐たる葛根の命令に背くとは何事だ。

（どいつもこいつも——）

こめかみに血の玉を膨れ上がらせた葛根に、保積が顔に怯えを走らせる。その癖、ものの言いたげな上目を遣いながら、あ、あの、と必死に声を絞り出した。

「三百樹どのをどうかお咎めになられませんように。あのお方ほど、水城の門に必要なお方はいらっしゃいませんので」

「馬鹿ぬかせ。大宰少弐の命に従わぬ役立たずだぞ。どこが必要な男だ」

「ですが三百樹どのはああ見えて、雨の日も風の日も決して水城の門を離れようとなさいません。往来の衆には必ず話しかけ、一度でも門を通った者の顔は決して忘れぬとか」

往来する老若男女にいちいち声を投げていた三百樹の姿が、脳裏に明滅する。葛根の無言をどう勘違いしたのか、保積はあわてて言葉を継いだ。

「倅がまだ幼子《おさなご》だった頃ですので、かれこれ十四、五年も昔になりましょうか。大宰府右京の刀匠の家に盗人《ぬすっと》が入り、打ちあがったばかりの大刀が五振りも盗まれたことがありました。その折、博多津に逃げんとする盗人を水城の門で捕らえ、府庁まで引きずって来られたのは他ならぬ三百樹どのでした」

聞けば三百樹は事件の五日前、見慣れぬ男が大宰府に入るのを見かけ、不審を抱いていたという。

なにせ大宰府の住人のほとんどは記憶しているし、商いのために周辺の里からやってくる者はみな、背に荷を担いでいる。しかしその男は、見るからに中身がないと分かる葛籠を軽々と背負ったきり。しかも同じ男が今度は小脇に重たげな薦包《こもづつ》みを抱え、人目を忍ぶように明け方の門をくぐる様に、三百樹はこれはただごとならぬと考えた。まだ盗難が露見していなかったにもかかわらず男の行く手を阻み、無理やり府庁に連れて行ったのであった。

「以来、三百樹どのの評判は筑紫《つくし》じゅうに知れ渡り、大宰府に盗みに入る者は驚くほど減りました。葛絃さまも、その先代、先々代の大宰大弐さまも、この一件はよくよくご存じのはずでございますよ」

「なにが評判だ。通すなと命じた者をあっさり通す衛士が、どこにおる」

「それは――」

保積が何か言いかけて目を伏せる。保積自身はごまかそうとしたのかもしれないが、目ざとい葛根にそれはあまりにあからさまな挙措と映った。

堪えていた怒りが堰《せき》を切り、一度に頭に血が上る。葛根は保積の襟首を、両手で強く締め上げた。

「言いたいことがあるなら、はっきり言えッ。そもそもおぬしとて、外にお出しするなと命じられておきながら、あのお方の供をしているのだぞ。大宰府庁官たる自覚はあるのか、自覚はッ」

「そ――その自覚の違いではと存じます」

喉を締め上げられながらも、保積がかろうじて言い返す。なんだと、と手を緩めた葛根にげほげほと咳《せ》き込みながら、「少なくとも三百樹どのは、大宰府の街やそこに暮らす者に仇なすお人を目にすれば、我が身を賭してでも通さぬお人です」とかすれた声を絞り出した。

「ですが少弐さまが守ろうとなさっているのは大宰府ではなく、実は大宰大弐さまその人でございましょう。三百樹さまはその違いに気づかれればこそ、少弐さまのご下命に知らぬ顔を決め込まれたのだと」

「何を申すか。私とて――」

反駁《はんばく》しようとして、葛根は言葉を失った。

そもそも葛根が大宰府下向を決意したのは、葛絃の力にならんがためであった。道真を藤原俊蔭の目に触れさせまいとするのも、道真の書を恋う阿紀をこうも必死に探すのも、なるほど大宰府の街のためを思ってではない。だとすれば保積の言葉は、まさに正《せい》鵠《こく》を射ている。

葛絃にとっても葛根にとっても、大宰府での勤務は長い官人暮らしのごく一部に過ぎない。いずれ自分たちは都に呼び戻され、この地を去る。しかしその後も大宰府の羅城は長く在り続け、累代の庁官たる保積や三百樹は現在と同じ暮らしを営み続けるのだ。

（わたしは――）

葛絃がいなければ、自分と妹の今はなかった。そう恩義に感じればこそ、少しでも伯父の力になりたいと思った。

とはいえ大宰少弐の立場からすれば、伯父の力になることと大宰府の支えとなることは本来、異なる。それを自分はいつの間にか、一つのものと考え違いしていたのではないか。

左降《さこう》の身の道真がいつまで大宰府に留まるのか、それは誰にも分からない。だが葛絃と自分はやがてこの地を後にせねばならず、そうなれば道真に手を差しのべられる者はわずかとなる。ならば藤原俊蔭が下向した今なすべきは、その目から道真を隠し続けることやひと時の詭弁《きべん》ではなく、むしろ菅三道として新たな姿を得た道真の将来を考えることではあるまいか。

保積は肉付きの良すぎる身体を縮めて、葛根をうかがっている。府庁に名高いこの怠け者より、はたまたあの三百樹より、自分が劣っているとは思わない。しかしこと大宰府と菅原道真への対峙の仕方を考えれば、残念ながら葛根は彼らより浅はかとしか言えない。

つい乱暴な舌打ちをした途端、保積が更に身をすくめる。こんな惰弱な男にそれを気づかされるとはとつくづく情けなく感じられたその時、表店《おもてだな》の方角が騒がしくなった。

先ほど葛根が閉ざしたばかりの木戸が荒々しく開かれ、当の道真が不機嫌な顔を突き出す。まだ目利きの途中と見えて、洗いざらしの水干の胸元には埃が点々とこびりついている。

「お子が見つかったぞ」

「なに、本当か」

急いで店に駆け戻れば、暴れる阿紀が小僧たちに手足を押さえられ、上がり框に座らされようとしている。

ここまでの道中でよほど抵抗したのか、その片足からは草鞋《そうかい》が失われ、下げみずらの髪はぼうぼうに乱れている。阿紀に引っかかれたと見え、麻の直垂《ひたたれ》に萎え烏帽子をかぶった奉公人の中には、頰に引っかき傷を拵《こしら》えている者すらいた。

「桟橋近くの辻に立ち、道行く者に片端から何やら尋ね事をしていたそうじゃ。まあそれにしてもおとなしげに見えて、大変なお子でございますのう」

恩着せがましい幡多児の言葉を背に駆け寄れば、人さらいにでも襲われたと勘違いしていたらしく、阿紀の双眸は涙で大きく潤んでいる。葛根の姿にはっと安堵の表情を浮かべたが、次の瞬間、ぐいと唇に力を籠め、身体を強張らせた。

急におとなしくなった阿紀に、小僧たちが顔を見合わせる。葛根は片手を振って彼らを下がらせると、まっすぐこちらを仰ぐ阿紀の正面に立った。

その表情は頑《かたく》なで、これが葛根の差配と知って、腹を立てているのが一目瞭然である。これまでの葛根であれば、その可愛げのない表情に苛立ち、頬桁《ほおげた》の一つも張り飛ばしていただろう。しかしなぜか振り上げた右手は強張り、まるで自分のものではないかの如く小さく震える。

打《ぶ》たれると感じたのか、阿紀が身を堅くする。葛根は一歩、阿紀に向かって歩み寄ると、髪を乱したその頭にばさりと手を置いた。

「――あまり勝手をするな。かような格好で博多津をうろうろするなぞ、人買いにさらってくれと申しているのも同じだぞ」

がばと顔を上げた阿紀から目を逸らし、葛根は壁際に立つ道真を振り返った。

この男に対する腹立ちが治まったわけではない。ただいくら左遷の身であろうとも、道真はれっきとした大宰権帥。葛絃を思うあまり、今後もこの地に暮らし続けるであろう道真の言動を無理やり封じるとは、およそ大宰少弐にはあるまじき行いと知っただけだ。

「おい、菅三道」

そう呼びかけた葛根に、道真の双眸がわずかに見開かれる。それには気づかぬ振りで、葛根は阿紀を軽く顎で指した。

「この子どもは大弐さまのお子でな。書で立身出世を志したいと思うていた矢先、おぬしの投げ捨てた寄進の目録を見て、これこそが己の志すべき書だと目を開かされたらしい。差し支えなければ、書の弟子にしてやってくれぬか」

何ですって、と叫んで、阿紀がその場に跳ね立つ。葛根を押しのけて道真に走り寄り、「あ——あなたが」と舌をもつれさせた。

「あなたがあの書を書かれたのですか。私はあれほど端正な楷書は見たことがありません。字形は端正、点画は豊潤にして温雅。その癖、些細《ささい》な一点一画までゆるがせにせぬあれほど見事な字を、まさか都から隔たった西国で目にするなんて——」

憧れの人物を目の当《ま》たりにした衝撃ゆえか、阿紀の声は完全に上ずっている。葛根や保積がいることはもちろん、ここが商家の土間であることすら忘れ果てたような態度に、さすがの道真が困惑顔で四囲を見回す。

葛根がその眼差しを捉え、小さく一つうなずいて見せると、ようやく阿紀に向かって腰を折った。

「その……大宰大弐さまのお子となれば、おぬしは都のあちらこちらで数多《あまた》の能書を見てきたじゃろう。たとえば宮城を囲む十二の諸門の額のうち、南の三門は弘法大師、西の三門はおぬしの従兄に当たる小野美材《よしき》、北の三門は但馬権守《たじまごんのかみ》たる故 橘 逸勢《たちばなのはやなり》、東の三門は嵯峨《さが》の帝が垂露《すいろ》の点を下されたものじゃ」

こくりと頤《おとがい》を引く阿紀の顔は、師の言葉を一言一句聞き逃すまいとする弟子の如く真剣である。かつて見たことのないその表情に、葛根は阿紀がわずかな間にひどく遠い所に去ったような心地を覚えた。

「おぬし、あれらの字をいかが見る。そうじゃな。特に朱雀門《すざくもん》を含めた南の三門なぞは」

「はい。いずれも弘法大師さまらしい気宇壮大な字ではございますが、あまりに筆勢を重んじられたばかりに、たとえば朱雀門の『朱』の字は『米』と見えてしまうほど字形が崩れているかと存じます」

内裏《だいり》を取り囲む十二門の中でも、朱雀大路に面した朱雀門は日本《ひのもと》の朝堂の正門にして、この国の顔とも呼ぶべき二層の大門。幅は東西七間、五枚の戸を持ち、緑釉の瓦を葺《ふ》いた屋根には巨大な鴟尾《しび》まで乗せられている。

当然、その扁額の字は弘法大師空海の書の中でも抜群の出来と讃えられているだけに、全く歯に衣着せぬ阿紀の図太さに、葛根は呆気に取られた。

だが道真はそれを咎めるどころか、にやりと嬉し気な笑みを片頬に刻んだ。

「では、美福門《びふくもん》はどうじゃ」

と、待っていたとばかりに畳みかけた。

「あの扁額は『福』の中の『田』の部分が広すぎます。ついでに申しますと、私は父に連れられ、一度だけ大極殿《だいごくでん》を拝した折がございますが、あそこに上げられている弘法大師さまの額も、『大』の字があまりに奔放すぎて、まるで『火極殿』と記されているかのようでした。なるほど、大師さまは世に名高き能筆でいらっしゃいます。されど私が見るに、その字はどうも調和というものに欠ける気がしてなりません」

阿紀の応えに、道真は忙しく両手をこすり合わせた。かと思えばその手を阿紀の両肩に置き、よし、よし、と太い息を落とした。

「おぬし、気に入ったぞ。世の中には、誰かからあれは素晴らしいものだと教えられると、なんの疑いもなくそう信じ込んでしまう輩《やから》が多い。ましてや弘法大師の記した扁額ともなれば、なかなか否を言えぬ者も多かろうにな」

しかも、と阿紀の顔を覗き込む道真の表情は、ひどく楽しげであった。

「おぬしは、字の勢いよりも形の美しさを尊ぶ質《たち》と見えるな。それはわしが書き物の折に心がけていることと、非常に近いわい」

「本当でございますか」

阿紀の表情が一度に明るむ。「とはいえ、じゃ」と前置きしながら、道真は土間に片膝をついた。

「わしを探そうとするあまり、大宰少弐さまにご迷惑をかけたことには諾《うべな》えぬ。それゆえ向後はわしから大宰府に赴き、おぬしに書の手ほどきをしてやろうと思うがどうじや」

　そのためには、道真が北館を訪れるか、はたまた阿紀が南館に出向くしかない。つまりそれは、道真が自らの正体を阿紀に明かそうとしているに等しかった。

「菅三道、それは」

　咄嗟に二人の間に割り込もうとして、葛根ははたと身動きを止めた。何か、と振り返る道真に小さく首を横に振る。

「――いや、なんでもない。よろしく頼む」

　阿紀が書で身を立てられるとは、葛根にはどうしても考え難い。しかしそれを頭ごなしに叱り付け、阿紀の将来を己が考えるように封じ込めることは、大宰少弐の任にありながら伯父たる葛絃の身だけを案じていたのと同じだ。一見筋は通っていても、その実は我意に満ちた行為でしかない。

　どれだけ仲のいい相手や親族であろうとも、自分以外の者は結局は他人。己の意思をすべて押し付けられるものではない。そう思って見回せば、この世とは結局、赤の他人同士が折り合いを付け、小さな衝突を繰り返し続ける場。それにもかかわらず、阿紀を自分の理解のままに押し込めようなぞ、僭越《せんえつ》極まりない行為でしかないのだ。

「よし、そうと決まれば今日は急ぎ、目利き仕事を片付けてしまうぞ。阿紀どのとやら、手伝ってくれるか」

「はい、喜んで」

大きくうなずいた阿紀が、箱の上の紙片を取り上げる。そこに走る道真の筆を覗き込む笑顔は、葛根が今まで見た事がないほど無垢《むく》で、子どもっぽい。

話が終わったと見た幡多児が、そんな二人に待っていたとばかり走り寄る。「おおい、菅三道」と道真と阿紀の間に身を割り込ませた。

「先ほどの鯤鵬の瓶子じゃがな。確か店の倉のどこかに、鯨を描いた新羅の染付皿があったはずじゃ。ものの書によれば、海の鯨の中には、その丈が鯤鵬にも劣らぬものがおり、そのすべてを見るだけでも七日もの日数がかかるとか。どうせであればあの皿と揃いで売るとしようぞ」

まあいいか、と葛根は胸の中で呟いた。

道真の如く癖のある男を師などと仰ぎ、阿紀の将来がますます案じられぬわけではない。だが今はあんな阿紀の表情を見られただけでも、幸いというものだ。

思いがけぬ成り行きに、橘花斎の奉公人や保積は毒気を抜かれた面持ちをしている。葛根はこみ上げる苦笑を噛み殺して、慣れぬ手つきで木箱の蓋を払う阿紀を見つめた。

ふう、と保積がついた溜息が、やけに大きく店に響き渡った。

京の内裏十二門を巡る阿紀とのやりとりから、道真——いや、菅三道が京に住んでいたことがあると看取したのだろう。この日、幡多児は一刻ほどで目利きを終えた道真を、「ちょっと話があるのじゃ。京のあれこれを聞かせてはくれまいか」と執拗に引き止めようとした。

とはいえ日が傾くまで博多津に留まり、一日の勤めを終えて宿舎に引き上げる藤原俊蔭の従者と鉢合わせをしては厄介だ。そんな葛根の胸裏を汲んだのか、

「またの機会にな。それに京の出来事なぞ、わしはほとんど忘れてしまったぞ」

と道真はそっけない口調で断った。

「少しだけでもよいのじゃ。わしは京のことをほとんど知らぬゆえ、せめてどのような街かだけでも教えてはくれぬか。のう、少弐さまも少しは口添えをしてくだされ。なにせ少弐さまもまた、都からお越しのお方。京の噂はさぞ、お懐かしくていらっしゃいましょう」

博多津の唐物商の中でも古参の大店は、都に出店を持ち、藤原氏を始めとする上卿《しょうけい》や大寺といった顧客に直接、唐物を売り付けている。一方で橘花斎は所詮、幡多児が女手一つでここまで育て上げた下品《げぼん》の店。それだけに幡多児はもしかしたら、菅三道の都での縁故を頼りに京での販路を築こうと思いついたのかもしれない。

とはいえ文章博士《もんじょうはかせ》・菅原是善《これよし》の嫡男として生まれ、右大臣の地位にまで上り詰めた道真だ。市井の様々を聞きほじられれば、要らぬほころびが生じかねない。

袖を摑まんばかりの幡多児に辟易《へきえき》しながら、葛根は道真や保積、それに阿紀ともども、橘花斎を後にした。万一、見咎められても言い訳が立つよう、葛根と阿紀、道真と保積の二組に分かれる。わざと一間ほどの距離を隔てて官道を大宰府へと向かえば、水城の東門のかたわらでは、三百樹が傾き始めた陽を横顔に受けながら、相変わらず行き交う人々に声をかけている。

「おお、古棗どの。いま戻りか。普段であれば夕刻近くになるのに、珍しいな」

どうしても目を尖らせずにはいられぬ葛根を無視して、三百樹は磊落《らいらく》に道真に呼びかけた。赤銅色《しやくどういろ》に焼けたその顔は相変わらず茫洋としているが、注意深く眺めれば、確かにその眼差しは門を行き来する人々の面上に常に据えられている。

そう思えば小汚く髭を生やした顔もどこか間の抜けた物言いも、すべて往来の衆を欺く手立てと見えてくる。その巧みさに、葛根は感心するよりも腹立ちを覚えた。

「博多津での所用が少し早く終わったのじゃ。唐物使さまを迎え、津は今、何かと騒がしい。いつまでも長居をせぬ方がよかろうと思うてな」

「騒がしいと言うなら、大宰府とて同じだぞ。このところ博多津にご逗留でいらしたその唐物使さまご一行が、先ほど突如、戻って来られたからな」

三百樹は言いざま、大宰府の街区の方角を目で指した。なんだと、と驚きの声を上げた葛根を一瞥してから、「しかも、鴻臚館《こうろかん》から衛士を十数名伴っておいでときたものだ」

と付け加えた。どうやら葛根のことは知らんぷりで押し通そうと決めた様子であった。

鴻臚館は大宰府庁直轄の施設。それだけに、藤原俊蔭が唐物使の権限で衛士を徴発することと自体は可能である。とはいえ人手が要るのであれば、府庁にひと声かけて官吏を借りればいいのであって、何も弓箭《きゅうせん》を帯び、武具に身を固めた兵《つわもの》をわざわざ博多津から引き連れる必要はない。

不審を覚えたのは道真も同様らしい。衛士じゃと、と呟いて、険しく眉根を寄せた。

「おお。はて奇態なとは思ったが、なにせ唐物使さまは帝のお使者。その上、衛士たちはみなよく存じている奴ばかりとあって、お止めもしがたくてな」

「ふうむ。それで唐物使さまご一行はここを通り、どこに向かったのじゃ」

「しかと見ていたわけではないが、西京極大路《にしきょうごく》を曲がらず、まっすぐ一条大路を東に向かわれたようだ。あれはかねてご逗留だった南館を目指されたわけではないな。方角だけで推せば、府庁に参られたのかもしれん」

あの藤原俊蔭が何の目的もなく太宰府に戻るとは思い難い。もしかしたら京進物略取の犯科人《はんかにん》（犯人）の目処《めど》がつき、それを葛絃に報告に行ったのだろうか。とはいえそれであれば、配下の者をぞろぞろと伴う必要はないし、仮に捕縛の人手が要るとしても、やはり府庁で衛士を借り受ければよい話のはずだ。

道真は腕を強く組み、官道の果てを睨みつけている。保積、と低い声で呼ぶと、目だけで阿紀を指した。

「そこなお子をわしの住まいに送り届けてくれ。後ほど必ずや書の手ほどきをして遣わすゆえ、それまでは紅《べに》とでも遊ばせてやってくれ」

「は、はあ。それはつまり、あの」

古びた水干姿の道真しか知らぬ阿紀は、南館の豪壮さを目にすれば、さぞ仰天しよう。道真の正体を明かしても構わぬのかと言いたげに、保積は道真と葛根の顔を見比べた。すると道真は自分を仰ぎ見る阿紀の頭に軽く手を置き、「まあ、しかたあるまい」と苦笑した。

「下手に隠し立てをして、話がややこしくなっても面倒じゃ。ああ、紅が遊びたくないと申さば、わしの自室にある書巻の類を阿紀どのに見せてやってもよいぞ。この地に来てから詠み溜《た》めた詩文がまとめられているゆえ、いい退屈しのぎになろうて」

道真は大宰府に到着以来、ことあるごとに謫所《たくしょ》の辛《つら》さ哀しさを詠んだ漢詩を作っていた。ただ以前、水仕女《みずしめ》が拾った反故紙《ほごがみ》に記されていたそれらは、大路に面した豪壮な南館を陋屋《ろうおく》と詠んだり、自らを一歩も外に出られぬ咎人と称したりと、およそ実態からかけ離れた内容であった。

阿紀はこと書に関しては、少々一途に過ぎる。そんな詩文を目にすれば、師となる道真を信頼するあまり、葛絃や葛根が彼に不遇を強いていると勘違いせぬか。

そんな危惧《きぐ》が顔に出ていたのだろう。道真は三百樹にひらひらと手を振って門を通りながら、「まあ、そのお子ならば心配あるまいて」と葛根のかたわらで小声を落とした。

「あの弘法大師空海の書を公然と貶《けな》すほど、肝の太い子どもじゃ。わしの詩文ににじみ出た諧謔《かいぎゃく》も虚構も、たやすく見抜くに違いあるまいて」

南館は大宰府の街区の中央に位置する。このため水城の門から向かうのであれば、大宰府のもっとも西の大路である西京極大路から道を南に取るのがもっとも近い。

保積に導かれるまま、楽しげな足取りで大路を南に向かう阿紀を見送り、葛根はさようでございましょうかと呟いた。すると道真は小馬鹿にしたように鼻を鳴らし、「おぬしはその若さで、己が子どもだった折をすでに忘れてしもうたのか」と毒づいた。

「確かに年を重ね、大人になってしまうと、子どもとはひどく頼りなき輩《やから》と見えて参る。じゃが、己が今の阿紀ぐらいの年だった頃を思い出してみよ。自らの周囲に対してあれこれ知恵を働かせ、幼いなりに懸命に世間に向き合っていたのではあるまいか」

「それは……確かに仰せの通りでございますな」

刹那、葛根が思い起こしたのは、父を失った八歳の冬の光景であった。

父の良真《よしざね》は温和な男で、かつて赴任していた出羽国《でわのくに》（山形県・秋田県）で葛根・恬子《しずこ》兄妹の母を病で失った後は、後添えももらわぬままひっそりと宮仕えを続けていた。四十を目前にしてもなお式部省《しきぶしょう》の少輔《しょうすけ》に留まり、来る日も来る日も筆を手に官人たちの考課《こうか》（昇進）や禄の記録を付ける姿は、およそ参議まで務めた祖父・小野篁とは程遠い。しかし自らの才知の乏しさを承知していた良真は、そんな境涯に文句一つこぼさなかった。病を得て臥《ふ》せりがちになってからは、闕《けつ》（欠勤）が続いてもなお禄が下されるありがたさや、父親の枕元から離れぬ恬子の頑是なさに涙し続けた。

まだ少年だった葛根は、どうすればそんな父と妹のために役立てるかとあれこれ頭を悩ました。良真が薬効甲斐なく息を引き取った際には、妹と二人、わずかな財物や私領からの収入を頼りに生きて行く術はないかと考えもした。

とはいえ父子が暮らしていた屋敷を売り、その銭を頼りに乳母《めのと》の里へと隠棲するとの葛根の腹案は、赴任先の駿河国《するがのくに》（静岡県）から駆け付けてきた葛絃によって一蹴された。

「二人して、我が家に来ればよい。私の駿河国司の任期は、どれだけ長引いてもあと二年足らず。わが家はまだ子どもがおらぬため、京で留守を守っている妻もひどく退屈している。そこにおぬしらが来てくれれば、お互い良い事ずくめではないか」

幼い葛根たちからすれば、葛絃の妻は口数が少なくぶっきらぼうで、正直、世話になりたい相手ではなかった。しかしそれでも葛絃の勧めるまま、妹の手を引いて西洞院五条の屋敷へと向かったのは、もしどうにも辛抱ならなくなれば、当初考えていた通り、乳母の里へと逃げ込めばいいと思ったからだ。

いざ世話になってみれば葛絃邸での日々は安逸で、結局、葛根と恬子は宮仕えを始めるその日まで、伯父の屋敷に起き居した。とはいえ父を失ったあの時、どれほど考えが浅かったとしても、葛根は葛根なりに自分たちの将来を考えていた。だとすればまだ少年の阿紀を嘲る資格など、自分には一分たりともない。

（まったく、このお人は——）

深い思慮があるのかないのか、予想もつかない。それとも大学者とは誰しも、余人には考えもつかぬ深謀遠慮と幼子の如きわがままを同時に持ち合わせているものなのか。

そんなことを考えながら葛根が大路の果てに目を向けたその時、府庁の則天門《そくてんもん》から七、八名の衛士が一列になって駆け出してくるのが望まれた。いずれも磨き抜かれた銅の短甲《たんこう》に身を固め、大弓を小脇に抱えている。大路を西に曲がり、まっすぐこちらに向かって疾駆する物々しい姿に、往来の人々があわてて道を左右に空けた。

「なんじゃ、あれは。騒々しいのう」

大宰府では警固所《けごしょ》と呼ばれる部署の衛士が、街の警固や犯科人の捕縛に当たる定めである。こんな昼日中に事件だろうかと首をひねった葛根には目もくれず、衛士たちは則天門の南西、板塀で囲まれた家々が建ち並ぶ一角へと走り入った。

「はて、どこに参るのでしょうな」

葛根が不審の声を漏らしたのは、大宰府庁にほど近いその一角が、龍野保積を含めた累代の庁官の屋敷が建ち並ぶ町辻であるためだ。物見高く足を止める人々の頭越しに覗きこめば、小路をまっすぐ南に下がった衛士たちが、折しも一軒の邸宅の門前で足を止めるところであった。

鋲《びょう》の打たれた粗末な板門を乱暴に叩き、「開門、開門ッ」と胴間声《どうまごえ》を張り上げた。

「大宰大弐・小野葛絃さまのご下命により、公文所大典・秦折城の屋敷を検め、財物を官没《かんぼつ》いたすッ。早々に門を開けよッ」

（秦折城だと――）

つい今朝方、素晴らしい白磁の皿を買ったと笑み崩れていた五十男の顔が、脳裏に閃く。

あっという間に厚みを増し始めた人垣を、葛根は力ずくでかき分けた。待てッと叫びながら走り寄れば、振り返った衛士たちの顔には見覚えがある。いずれも普段、府庁の警固所に詰めている男たちであった。

「これは少弐さま」

葛根の姿に居住まいを正した衛士たちに、「いったい何事なのだ」と葛根は浴びせ付けた。

秦折城は妻子を早くに亡くし、邸宅には現在、身の回りの世話に当たる老僕が一人、雇われているきりである。

その老僕は思いがけぬ衛士の来襲に動転しているのか、茅葺《かやぶき》の板門は固く閉ざされ、いまだ開く気配がない。

そもそも秦折城は人がいいだけが取り柄で、決して才弾《さいはじ》けた官人ではない。しかし日々の勤務態度は実直で、突如、衛士の捜索を受けねばならぬいわれはないはずだ。

「それが――」

同様のことは衛士たちも承知しているのだろう。どこか言いづらそうに顔を見合わせる。だがその中でももっとも年嵩《としかさ》の四十がらみの衛士が短甲を鳴らして歩み出、

「唐物使さまが、折城さまに京進物略取の疑いありと大弐さまに伝えられたそうです」

と、野次馬たちの耳を憚って声を低めた。

「藤原俊蔭さまがだと」

「はい。折城さまはすでに先ほど、唐物使さまに率いられて府庁に押し入ってきた鴻臚館の衛士たちの手で捕縛なされました。唐物使さまより事情を聴いた大弐さまは、すぐさま折城さまの家財を官没し、取り調べに充てよと仰せられ、こうして我らが遣わされた次第でございます」

ぎぎ、と音がして、このときようやく目の前の門がわずかに開かれた。肩をすぼめ、怯え切った面持ちの老爺を突き飛ばし、衛士たちが我勝ちに門内へ駆け込んでいく。

老爺は枯れ葦が北風になぶられたかのように、その場によろよろと尻餅をついた。小さく震えるその肩の向こうに見える邸宅は、隣家の塀が間近に迫るほどに狭い。主殿と

厨の他には、老僕の自室と倉を兼ねた長室しかないのであろう。掃除こそ行き届いているものの、柱の丹の色は落ち、主殿の階《きざはし》にはところどころ穴が空いている。

衛士たちが土足のまま主殿に駆け上がる足音がひどく遠いものの如く聞こえ、葛根は唇を引き結んだ。

振り返れば道真はいつしか人垣の先頭に立ち、かっと双眸を見開いている。肉の乏しい鷹《たか》を思わせる痩せた面上に、傾き始めた陽が深い影を落としていた。

第五章　夜色秋光

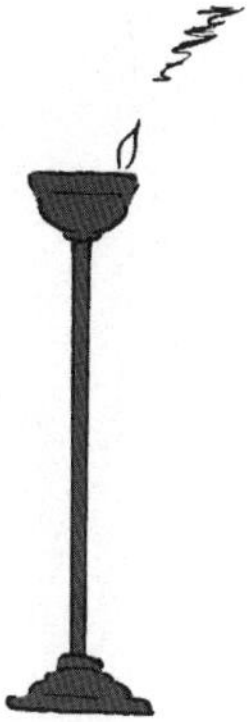

いくら秦折城《はたのおりき》の屋敷が手狭でも、軒下から竈《かまど》の灰まで隈なく検めるとなれば、相当の時間がかかる。さすがにそのすべてを見届ける気には到底なれず葛根《くずね》が門外に出ると、邸宅を囲む人垣にすでに道真の姿はない。

野次馬たちの噂話や邸内から響く衛士《えじ》の怒号で、事の次第を悟ったのだろう。それにしても一言の断りもなく立ち去るとは、道真も突然の事態に驚愕したのかもしれない。

混乱する胸をなだめ、改めて葛根が府庁に向えば、茜色の陽射しを受けて輝く官衙は蜂の巣を突いたに似た喧騒に押し包まれていた。

大宰府官人の捕縛例が、これまで皆無だったわけではない。今から約三十年前の貞《じょう》観《がん》十二年（八七〇）には、大宰少弐《しょうに》であった藤原元利万侶《ふじわらのげんりまろ》が、新羅《しらぎ》国王と意を通じて謀叛を企んだ咎で捕縛され、府庁はおろか大宰府・博多津《はかたのつ》にまで激震が走った。

そんな都の太政官《だじょうかん》をも巻き込む大事件には至らずとも、やれ蕃客所《ばんかくしょ》の官吏が唐物《からもの》商《あきない》から賄賂を取っただの、やれ作紙所の漉子《すきこ》同士が馴染みの遊行女《うかれめ》を争って刃物沙汰《にんじょうざた》に及んだだのといったいざこざは枚挙にいとまがない。衛士たちが土埃を立てて府庁を疾駆し、喚き散らす官人を連れ出す姿なぞ、本来、誰もが見慣れているはずであった。

ただ秦折城は、大宰府管内の相論《そうろん》（訴訟）を担当する公文所《くもんじょ》の大典《だいさかん》。しかもその平凡な人柄は府庁では周知であっただけに、帝の御物《ぎょぶつ》となる京進唐物をかすめ取ったとの嫌疑がどうにも信じがたいのだろう。

　とうに退庁の時刻は過ぎたはずなのに、ほうぼうの官衙では官人が寄り集まり、好奇と不審に目を輝かせながら噂話に興じている。

「自分はただ唐物商に勧められた品を買い求めただけ、それがどこから来た品かは知りませぬ、と引っ立てられながら必死に叫んでおられたぞ」

「とはいえ、秘色《ひそく》の碗だの白磁の皿だのと、このところ大典さまは次から次に唐物を買い求めていらしたからなあ。名品を安く買えたと喜んでいらしたが、少し用心があれば、そんな名物がご自身のところに来るわけがないと考えられたはずだ。やはり薄々は、その出どころに気づいていらしたのではあるまいか」

　公文所の堂宇《どうう》はぐるりに縄が巡らされ、板の間に散った書類や巻子を寄人たちが青ざめた顔でかき集めている。

　捕縛される際、よほど折城が抵抗したのか、広縁に近い一角には四脚の硯が覆り、真っ黒な小池が床に広がっている。広縁といわず、屋内といわず泥まみれの足跡が付いているのは、衛士たちが土足で踏み込んだためらしい。

「これは葛根どの。お姿が見えぬご様子だったが、いずこにお出かけでおいででした」

　唐物略取の証拠が公文所に隠されているやもと考えているのだろう。壁際の書棚の前には藤原俊蔭《ふじわらのとしかげ》が胡坐をかき、手当り次第、巻子を開いている。歩み寄った葛根に顔を上げ、瞼の厚い目を眇めた。

隠し事をするのは容易だが、露見した時に面倒だ。

「博多津の橘花斎《きっかさい》に出向いておりました」

と、葛根は前庭から高欄越しに、応じた。

「ほう。あの店は博多津でも悪名高き唐物商とか。堅物と評判の葛根どのが、なにゆえまたさようなところに」

「橘花斎の主たる幡多児《はたご》はかねて、政庁への出入りを懇願しておりますもので。あまりのしつこさに根負けして、女子《おなご》に送る釵子《さいし》を注文しておりました」

「それはそれは。葛根どのにかような相手がおいでとは知りませなんだな」

俊蔭は無表情に、新たな巻子を取り上げた。それを待っていたように葛根の名を呼ぶ声が響き、保積《ほづみ》が南門の方角から駆けてきた。

南館からここまでの道中で、すでに折城捕縛の件を耳にしたのだろう。短い足で縄をまたぎ越え、「な、なんという有様に」と眉毛を震わせた。

「葛根どの、この者は」

「公文所少典《しょうさかん》の龍野《たつの》保積でございます。――保積、これなるは都よりお越しになられた唐物使《からもののつかい》・藤原俊蔭さまだ。京進官物の取り調べに当たっておられる」

その途端、保積の顔にあからさまな狼狽の色が走る。いくら道真の去就がうしろめたいとしても、もう少し平静の装いようがあるだろう。この馬鹿がと怒鳴り付けたい思いを堪えて、葛根は保積を後ろに庇《かば》うように更に高欄に近づいた。

「とは申しても、俊蔭さま。この春以来、こ奴は南館におわす権帥《ごんのそち》さまの御身の回りの世話を務めておりまして。しかも『うたたね殿』との異名を持つほどの怠け者ゆえ、およそお取り調べをなさっても、何のお役にも立てぬかと存じます」

「ふうむ、うたたね殿。そうか、この御仁がうたたね殿ですか」

なに、と瞠目《どうもく》した葛根を無視して立ち上がり、俊蔭は広縁へと歩み出てきた。どすんと音を立てて腰を下ろすと、立ちすくむ保積を見下ろした。

「噂はかねがね聞いておりますぞ。そなたがおるおかげで、権帥さまは大宰府での日々をひどく穏やかにお過ごしとか。都から参った者として、その働きには礼を言わねばなりませぬ」

「そ、それは恐縮でございます」

俊蔭の本意が分からぬため、保積の顔は強張っている。葛根はわざと眉を吊り上げ、猫背気味のその背をおいと叩いた。

「なにをしている。公文所の官吏であれば、覆った書類をどこに片付ければいいかを知っていよう。ぼんやりしておらず、さっさと手伝いに働かぬか」

「は、はい。申し訳ありません。ただいま」

露骨に胸を撫でおろして、保積が沓を脱ぎ捨てる。腹芸のできぬ不器用さに内心頭を抱えながら、「それにしても」と葛根は俊蔭を仰いだ。

「公文所をこうまで荒らしての捕り物とは。秦折城のどこに嫌疑をおかけになったのです」

「折城はこの半年あまり、博多津の唐物商・善珠《ぜんじゅ》のもとより、しばしば唐物を買っていたそうです。ことに二月前に折城が買い求めた秘色の碗は、京に奉られた唐物の表（一覧）に『越州《えつしゅう》産秘色玉碗』と記される逸品と特徴が似ておりました。実はすでに三日前、調べたいことがあると申して所有の碗を鴻臚館《こうろかん》に持参させたところ、文様に大きさ、それに高台《こうだい》の欠けまでが、博多津での検領《けんりょう》の際に記録された京進物の碗の特徴とそっくり同じでございました」

「なるほど、さような理由でございましたか」

「もっとも当人は疑いを抱かれていることなぞ微塵も気づいておらぬらしく、己の碗の自慢を得意げに述べておいででした。大宰府ではあのように思慮の浅い男でも、大典が務まるのございますな」

「それは申し訳ありません。なにせ鄙《ひな》の地ゆえ、才長けた者が乏しく」

葛根が軽く頭を下げた時、保積が公文所の床にこぼれた墨に足を滑らせた。無様な悲鳴を上げて転ぶ保積にわざと顔をしかめてから、「それで折城は己の罪を認めているのですか」と葛根は更に問うた。

「いや。先ほどから秘色の碗について問いただしておりますが、自分はただ博多津の善珠から勧められるまま、気に入った唐物を買っただけ。それ以上のことは何も知らぬとばかり繰り返しておるそうです」

折城は唐語が話せない。ましてや鴻臚館に安置されていた京進物を下品《げぼん》な唐物とすり替えるなど、彼一人では不可能だ。

善珠に限らず、唐物商はそのほとんどが唐語を操り、鴻臚館への出入りが許されている。ならば次に成すべきは善珠の関与の有無の調査であろう。しかし俊蔭はまたも別の巻子に目を落としながら、「すでに今朝、善珠堂に赴き、その旨を主に問いただしたのですが」と思わせぶりに言葉を切った。

「困ったことに善珠は一昨日の朝に血を吐いて倒れ、呼べど叫べど目を覚ましませぬ。居合わせた医者に問えば、ずいぶん以前から肺の腑を病み、もはやいつ息を引き取っても不思議ではないとやら」

「なんですと。それは困りましたな。この期に及んで、善珠の話が訊《き》けぬとは」

息を呑んだ葛根に、俊蔭は小さく頤《おとがい》を引いた。

「しかたなく店の者や病平癒の祈願を行っていた僧侶にも話を聞きましたが、善珠は手伝いの小僧こそ雇い入れていたものの、実際の商いはほとんどを己一人の手でこなしていたそうで。唐物の仕入れや売り先について問うても、どうにも要領を得ませぬ。無論、京進唐物を略取したか否かも分からぬ始末でございます」

俊蔭が記録を調べた限りでは、善珠は昨年、京進唐物が選出された直後から都への貢上が始まる二カ月の間に、幾度も鴻臚館に出入りしていた。それだけに善珠が略取に関わったことは十分考え得るが、このまま取り調べが叶《かな》わなければ、更なる事実の究明は難しくなる。

「僧侶――」

「ええ。明瓊寺《めいけいじ》と申す寺の住持と名乗っておりました」

泰成《たいせい》か、と胸の中でうなずきながら、葛根はふと目の前の俊蔭に不審を抱いた。

いくら折城が捕縛され、善珠の関与が疑われているとはいえ、唐物略取の全容はいまだ明らかではない。知恵者として知られるこの男が、そんな状況にあって、大宰府の官吏たる自分に易々と事件について漏らすのが、どうにも不可解であった。

(まさか――)

冷たいものが背中を這い上がり、指先が微かに凍える。葛根は目を通し終えた巻子を膝先に置く俊蔭に、素早く目を走らせた。

もしかして、これは罠《わな》ではあるまいか。俊蔭はあえて自分に話を聞かせることで、葛根の今後の立ち回り方を探っているのでは。

まだ大和国《やまとのくに》に都が置かれていた昔、聖武《しょうむ》天皇に弓引いて討伐された大宰大弐《だいに》・藤原広嗣《ひろつぐ》、はたまた新羅国王と通じて謀叛を企てた藤原元利万侶など、本朝を転覆させせんとした不届き者のうち、大宰府に拠点を置いていた者は数多い。

それは大宰府が古来、西の遠《とお》の朝廷《みかど》と讃えられる殷賑《いんしん》の地にして、西海道《さいかいどう》九国三島を支配下に置く総督府であればこそ。つまり軍備・糧食など豊かな財物を蓄える大宰府は、日本《ひのもと》の西の要であるとともに、事あるごとに都に牙を剝いてきた穏健ならざる地でもあるのだ。

俊蔭が葛根をも疑っているとなれば、当然、その向こうには葛紘に対する疑念の目があるはず。つまりこの男は最初から、京進唐物を巡る一件を大宰府政庁ぐるみの不正と疑っていたのではあるまいか。

そうだ。そう考えれば、俊蔭が道真の現状に一分も目を向けなかったのも納得ができる。俊蔭の狙いは最初から、大宰府庁そのものだったのだ。

今回、俊蔭はわざわざ博多津から衛士を率い、大宰府官人たちの目の前で折城を捕らえた。まだ捜査の途中にもかかわらず、あえて耳目を集める捕縛に踏み切ったのも、そもそも折城を主たる犯科人と考えていないがゆえに違いない。

さように疑えば、たまたま時期が同じになったとはいえ、私用で父の元に向かおうとする好古《よしふる》・阿紀《あき》兄弟と、俊蓙が同行になったのも怪しい。俊蓙は道中で葛絃の人となりや考えを聞き取らんがために、あの兄弟の西下と時期を合わせたのではないか。

とはいえ天地神明に誓って、葛根は京進唐物なぞに手を出していない。伯父の葛絃とて、それは同様のはずだ。

しかし何かを成したことを証すのは容易《たやす》くとも、していないことを証明するのは困難を極める。葛根はこっそりと両手を拳に変えた。

ここで取るべき態度を少しでも誤れば、俊蓙はますます府庁への疑いを強くするだろう。まるで一歩でも踏み外せば千尋《せんじん》の谷へと落ちる山道を歩いているかのようだ。こちらを振り返った俊蓙の眼差しの鋭さが、ひどく、葛根の全身を強く貫いた。

「善珠の店の倉には、書画骨董の納められた箱が無数にございました。されど善珠はそれらについての記録を残しておらず、どうやら自らの記憶だけを頼りに売買をしていた様子。どれだけ店を調べても帳面の類は一切なく、ほとほと困り果てました」

善珠堂の倉をすべて検めれば、すり替えられた唐物が見つかるかもしれない。そしてそれが複数に及べば、善珠が略取の張本人という最大の証拠となる。

しかしながら鴻臚館の目利きは、そもそも京進唐物が駄物に替わっていることにも気づかなかった愚物揃い。およそ、彼らの鑑識眼を信じるわけにはいかない。——そこで、とまで語り、俊蓙は突如、葛根に顔を寄せた。

眸《ひとみ》の小さな眼を見開いて、「博多津の噂によれば、橘花斎は善珠にも劣らぬ名うての目利きを雇っておるとか」と囁きに近い声を落とした。

「橘花斎の目利きでございますと」

唇を衝きそうになった馬鹿な、との毒づきを、葛根は辛うじて堪えた。泳ぎそうになる目を意志の力で押し止めれば、俊蔭はそんな葛根を瞬きもせずに凝視している。

ここで動揺を見せては、それこそ俊蔭の思うつぼだ。葛根は必死に平静を装った。

「そんな噂も、確かに聞いた覚えがございます。さすがにわたしは、会ったことはありませんが」

「それは残念。いずれにしても、わたしはこうなれば、菅三道《かんさんどう》やら申すその目利きを橘花斎から借り受け、善珠堂の品を検めさせせんと考えております。善珠と関わりなき男であれば、下手な隠し立てもせぬでしょうし」

動揺が眩暈《めまい》となって視界を晦ませるのを、葛根は抑えられなかった。

駄目だ。俊蔭は公卿であった頃の道真を知っている。いくら道真が形《なり》を変えているとはいえ、あの狭い善珠の店で顔を突き合わせれば、すぐに菅三道の正体に気づいてしまおう。

ここでもし道真の街歩きが露見すれば、それを放置していた葛絃への疑いはますます強くなる。もしかすれば葛絃は不遇の身の道真と結託し、都に反逆を企てていたと勘繰られる恐れすらある。

考えるよりも先に、身体が動く。葛根はその場に居住まいを正すと、「しばし、しばしお待ちいただけませんか」と声を上ずらせた。

こんなに狼狽しては怪しまれるやもとの恐れが胸を揺らしたが、一度出た言葉を今更取り戻しもできない。ならばせめて熱心さのあまりの焦りと糊塗《こと》すべく、葛根は高欄を両手で握り、俊蔭に向かって身を乗り出した。

「善珠堂にて俊蔭さまが話を聞かれた僧侶は、恐らく泰成と申す男かと存じます。何分ぶっきらぼうで人当たりの悪い輩《やから》ゆえ、都よりお下りになった俊蔭さまにどう応えればいいか分からず、店のあれこれは分からぬと申したに違いありません」

さりながら自分の知る限り、泰成は親しく善珠の店に出入りし、布施された品を銭に替えもしていた。それゆえ泰成を上手くなだめすかせば、善珠の商いについてもう少し話を聞けるはずとまくし立てた葛根に、俊蔭は綺麗《きれい》に髭の当たられた顎を軽く撫ぜた。

「なるほど、その推測はごもっとも。されどいかに善珠と親しかったとはいえ、泰成とやらは所詮は出家。およそ役立つ話を知っておるとは思えませぬが」

「さ、されど。すでに犯科人たる折城が捕らえられ、唐物を鴻臚館にてすり替えた疑いが強い善珠が病に臥せる今、これ以上、性急に調べを進めるご必要はありますまい。明瓊寺の泰成と言えば、大宰府では知らぬ者のおらぬ清僧《せいそう》。どこの馬の骨かも分からぬ目利きの手を借りるより、まずはあの御坊から話を聞き取った方が唐物使さまのご威信にも傷がつかぬかと存じます」

泰成を褒めるのは腹立たしいが、今は他に手がない。加えてすでに犯人は捕まったはずだと畳みかけられれば、さすがの俊蔭も拒絶の手立てに窮するらしい。ふむ、と太い息を漏らした彼にはお構いなしに、葛根は「それでは」と忙しく畳みかけた。

「わたしはこれより早速、明瓊寺に向かい、泰成に話を聞いて参りましょう。なあに、ご心配は要りません。寺のある久爾《くに》は大宰府から指呼《しこ》の距離でございます」

言うが早いか身を翻し、葛根は官厩目指して走り出した。制止の声が飛んでくるかと案じたが、意外にその気配はない。もしかしたら俊蔭もまた善珠の病臥のために、次の手を決めかねているのやもしれない。

折しも厩番に鬣《たてがみ》を梳《す》かれていた栗毛の駒を借り受け、轡を取って南門を出る。空はいよいよ夕焼けの色に染まり、巨大な門の影が大路に長く伸びはじめている。一日の生業を終えて家路に就く人々のために大路は賑わい、雲をかすめて飛ぶ鴉の群までが塒《ねぐら》目指して急いでいるかのようだ。

西京極大路までは馬を引いて歩み、人通りが激減する府外に出るや否や騎乗する。間もなく見えてきた水城《みずき》の東門を通るために一旦下馬すれば、先ほどより人の増えた往来に目を配っていた三百樹《みおき》が、「なんだ。またお越しでございますか」とがしがしと後ろ首を掻いた。

「わたしとて、来たくて来たわけではない。御用の向きがあり、今度は久爾の明瓊寺まで参らねばならぬのだ」

「ふうん、泰成に御用とは。あ奴め、遂に食うに困って、大宰府の店先で屯食《とんじき》（握り飯）でもかっぱらいましたか」

官道を行き来する人々に目配りを欠かさぬ三百樹だけに、泰成を見知っているのは不思議ではない。しかしその口調にただの衛士と僧侶以上の親しさを嗅ぎ取り、葛根は軽く眉根を寄せた。

「おぬし、泰成とは昵懇なのか」

「そういうわけではないですけどね。ただあの御坊は町の衆から金目のものを喜捨されると、必ず博多津の善珠という唐物商に持ち込んで銭に替えるんですよ。善珠に世話になった奴はうちの衛士には多いもので、ついつい顔馴染みになったわけです」

「なんだと。世話とはいかなる次第だ」

聞き捨てならぬ言葉に、葛根は血相を変えた。すると三百樹はその動揺ぶりにかえって驚いた面持ちで、「ご存じないのですか、少弐さま」と門を固める配下の衛士たちを顎で指した。

「大宰府庁を守る武官の半数は、わたしがそうであるように累代の衛士の家柄。残る半数は分番《ぶんばん》（非常勤勤務）の使いっ走りとして雇い入れられた後、上役に怒鳴られながら刀の使い方や武具の手入れを身に付け、ようやく一人前の番上《ばんじょう》（常勤）衛士となった奴らです」

ただ先祖代々の衛士に比べ、今参《いままいり》（新規採用者）は禄も低く、その職を自らの子や孫に引き継がせることは長らく許されなかった。

それだけに働き口の多い大宰府では古来、衛士のなり手が乏しく、管内の国軍から多数の人員を割くのが慣例であった。

「それがもう二十年も昔でしょうか。善珠のもとで小僧をしていた孤児が一人、水城の門の直丁《じきてい》（下働き）に雇い入れられたのですよ。これが善珠の躾《しつけ》がよかったのか、ひどく出来のいい童《わらわ》でしてね。長い下積みを経て、見事、そ奴が衛士に取り立てられた時には、こんな働き者の禄が低いのはおかしいとの声が武官の間から上がりました」

これがきっかけで大宰府では今参の衛士の待遇が変わり、誰であれ倅に己の職を引き継がせることが可能となった。加えて、それまではなかった年に二回の季禄《きろく》も与えられ、衛士の待遇は大きく改められた。

これにより分番から衛士を志す者は急増し、中にはほんの数年で一人前となる者も現れ始めた。とりわけ優秀なのは、決まって善珠のもとで下働きをしていた少年たちで、今では彼らは水城の門の大切な守り手として、三百樹までが一目置く存在という。

「都からお越しになった少弐さまにお話ししたって、お分かりかどうか知りませんけどね。身寄りも家もない孤児ってのは、そりゃあ哀れなもんです。野外で雨露に耐え、畑の生《な》り物《もの》を盗んで食う日々が身体を、誰にも必要とされない不遇が心を蝕《むしば》んで、周囲ばかりか自分までをも憎んでしまう奴らも多いんですよ」

孤児の中には博多津の商人たちから施しを受けたり、善珠の店の手伝いに雇い入れられたりしてもなお、そんな頑なさを失わぬ者も多い。しかしそんな彼らにとって、自分と同じ境涯にあった少年がきらきらと光る武具に身を固め、時には馬に乗って颯爽《さっそう》と大路を疾駆する姿は、まるで夢の如く眩しく映るのだろう。水城の門の衛士を見るや、途端に大人たちへの警戒を解く少年も珍しくないのだと告げられ、葛根は唇を引き結んだ。

府庁にしても宮城にしても下働きの者は多く、その一人一人の出自にまで気を配ったことはない。加えて葛根自身は貴族の子弟として生まれたため、出仕やその後の立身にもさして苦労はしなかった。

だが親を失い、幼い妹と二人、途方に暮れたあの日の心細さだけは、今でも骨身に強く刻みつけられている。それだけに身寄りのない子どもたちが衛士に憧れ、それを心の励みに成長を遂げているとの話が、不思議なほど得心できた。

「もし泰成に会ったら、今度こそぜひ酒を酌み交わそうと言っておいてください。もう三年も前に約束をしたのに、お互いあわただしくて、なかなか機会がないんですよ」

そう笑う三百樹に見送られて向かった明瓊寺の本堂はがらんとして、本尊たる仏像はおろか基壇すら据えられていない。あちらこちらに穴の開いた板間には筵《むしろ》が敷かれ、泰成が罰あたりにもそこに横になって経文を読んでいた。

広縁を軋ませて上がり込む葛根の姿に、「なんだ、あんたか。驚かせるなよ」とあわてて起き直った。

「聞きたいことがあるのだ。善珠が病臥しているとは、本当か。それに、店の商いが分かるのが善珠一人だという話は」

矢継ぎ早に問いを浴びせかけた葛根に、泰成は面食らった顔で目をしばたたいた。だがすぐにその場に胡坐をかくと、ああ、と暗い声を落とした。

「どちらも本当だ。そうか、あんた、あの唐物使とやらいうお人に頼まれてやってきたんだな。畜生、あいつめ。どこをどう突っつけば、善珠が唐物をかすめ取ったなんぞと考えられるんだ。今朝方も止める俺たちを押しのけて、無理やり善珠の寝間まで入り込みやがったんだぞ」

「別に頼まれたわけではない。ただ府庁には府庁なりの事情があってな。善珠の評判のよさも人柄も、あちらこちらで嫌というほど耳にしている。しかしだからと言って、それだけで疑いを解きもできぬのだ」

「そりゃ、そうだろう。俺も昔は、宮仕えをしていた身だ。分からねえでもないさ」

意外なことをひとりごちて、泰成は一分ほど髪の伸びた頭を両手で掻きむしった。

「とはいえ、善珠の病は本当に篤《あつ》いんだ。枕上《まくらがみ》で誰が呼んだって、ぴくりとも身じろぎしねえ。そんな明日をも知れねえお人を相手に、どうやって調べごとをしようってんだ」

善珠が倒れたと聞いて駆け付けてきた近隣の医者によれば、善珠はもう一年も前から己の病に気づき、周囲には知られぬよう薬湯《やくとう》を服していたという。だがそれでも病は刻々とその身を蝕み、遂に肺臓が破れるほどの障りを呼んだのであった。

「医者によれば、特にこの三月《みつき》ほどはひと足歩むごとに息が切れたはずだとよ。けど善珠は店で働く孤児や俺たちを心配させたくないと、辛抱を続けてきたらしい」

「確かにそんな様とは見えなかったな。ひどく声の細い老爺だとは思ったが」

葛根の相槌に、泰成は太い眉を曇らせた。

「ああ、このところは確かにそうだったよな。以前はあれで、びっくりするほど声のでけえ爺《じじい》だったんだ。それをすっかり忘れちまっていたとは、俺もどこに目をつけていたんだか」

善珠には血縁がない。それだけにかねて、自らが亡くなった後は金品の類はゆかりの者で均等に分け、どうしても処分できぬ品は明瓊寺に寄進するよう周囲には告げていたと語り、泰成はちらりと上目を遣《つか》った。

「だから仮に……あくまで、仮にだぞ。善珠が本当に唐物をすり替えていたとしても、それは私腹を肥やすためなんかじゃねえ。不審だってのなら、博多津の奴らに聞きゃあいい。あいつがこれまで自分の財をどれだけ他人のために使ってきたか、みんな嫌というほど話してくれるだろうよ。それぐらい、あいつは蓄財とは縁のねえ奴なんだ」

一度だけ目にした善珠の姿を、葛根は脳裏に思い浮かべた。洗いざらした水干に裸足の身拵えも、陋屋としか見えぬ店も、確かに悪徳非道の商人とはほど遠かった。

博多津は人が多い分、噂が速く広まり、隠し事が難しい街。そんな津の人々が口を極めて褒めるとなれば、善珠は本当に私利私欲のない男だったのだろう。とはいえその善行と彼にかけられている疑いは、決して矛盾するものではない。

「確か博多津では商人たちが銭や米を持ち寄り、孤児たちに与えていたな。善珠はそれにも随分な協力をしていたのでは」

「ああ。もちろんさ。下手な大店《おおだな》とは比べものにならねえほどの大枚を支払っていたと聞くぜ」

だとすれば身寄りのない子どもたちに手を差し伸べんとするあまり、やむを得ず悪事に手を染めていたとの推測とて成り立つ。

とはいえそんなことを口にすれば、すぐさま拳が飛んでくるかと思われるほど、泰成の表情は硬い。この男は本当に善珠を信じているのだと感じながら、葛根は大きな息をついた。

「善珠が唐物をどう商っていたのかは、まことにおぬしにも分からぬのだな」

「ああ。忌々しいことに、それは本当だ。善珠の商いのすべてを知ってりゃな。俺が罪をひっかぶって官に名乗り出てやることもできるってのに、今のままじゃお取り調べの最中にすぐぼろが出ちまう」

　五里霧中とはこのことだ、と葛根は思った。

　善珠が罪を犯していたかどうかも――犯していたとすればその理由も手口も、何もかもが分からない。明確なのはただ一つ、秦折城が捕らわれている一事だけと来たものだ。

　こうなればせめて葛絃にかかった疑いだけでも解きたいのに、その糸口すら摑めない。暗澹《あんたん》たる思いで明瓊寺を辞せば、辺りはいつしかとっぷりと暮れ、野面《のづら》の果てに小さく博多津の灯りがきらめいている。

　夜ともなれば羅城《らじょう》内の往来が禁じられる大宰府とは異なり、博多津は深夜でも酒家の灯が揺れ、遊行女たちの姦《かしま》しい笑い声が辻々にこだまする地。だからこそその片隅の陋巷《ろうこう》に横たわっているであろう善珠の姿を思い描くと、葛根の胸は怒りとも混乱ともつかないものに激しく掻き乱された。

　葛根が太宰府に下向して、すでに二年。その間、葛絃を支えることだけを目的に日々を過ごして来たが、こんな理由も分からぬ事件に遭遇するとは。

これで善珠が比類なき悪党であったなら、すべては彼一人の犯罪と断定もし得る。しかし三百樹や泰成の話に接してしまうと、本当に善珠が犯科人なのか、もしかしたら折城と善珠以外にも彼らを操っていた首謀者がいるのではないかと疑われてくる。

俊蔭はおそらく、その首魁《しゅかい》こそ葛絃ではと疑っているのだろう。だとすればその疑念を晴らすためには、やはりこの略取のすべてを明らかにするしかない。

水城の門の左右には篝火《かがりび》が煌々と焚《た》かれ、相変わらず三百樹が腕組みをして、四囲を睥睨《へいげい》している。葛根は下馬する気にもなれず、馬が歩むに任せて、そのまま府庁へと戻った。三百樹が何やら自分を呼ばわっているのが背中で聞こえたが、もはやそれを振り返る気力すらなかった。

厩に馬を戻して北館に踏み入った途端、重い疲れがどっと両肩にのしかかる。飯を摂ることすら億劫で、そのまま自室に向かおうとした葛根は、「あの」と澄んだ声が物陰から投げかけられたことに気づかなかった。

「葛根兄さま、ちょっとよろしいですか。——もう、葛根兄さまってばッ」

爽やかな墨の香りが、暗がりに漂う。水干の両手を広げて葛根を遮った阿紀の目の縁は、興奮ゆえか夜目にもはっきりと赤く染まっていた。

「つい今しがた、南館から戻ってきたんです。あのお方に書の手ほどきをいただいておりましたもので。ご身分をお教えいただき仰天しましたが、あんな素晴らしきお方からご教示を受けられるなんて、本当に夢のようです」

きらきらと目を輝かせた阿紀の姿に、葛根はこみ上げる溜息を呑み込んだ。己の喜怒哀楽をまっさきに考える阿紀の子どもっぽさが、うらやましくも腹立たしかった。

「それはよかったな。詳しいことは明日にしてくれ。今はそれどころではないのだ」

「待ってください、兄さま。わたしは兄さまに御礼を申し上げたいのです」

歩み去ろうとする葛根の袖を、阿紀はところどころ墨で汚れた手で強引に摑んだ。

「この大宰府で生涯の師に出会えるなんて、わたしは思ってもおりませんでした。そりゃあ、菅丞《じょうしょう》相さまの能筆の噂は以前から聞いておりましたよ。ただなにせ右大臣の顕官にいらしたお方とあって、その筆になる巻子や書屛風なぞ目にする機会もなく、加えてこの春、大宰府に左降なされた後は、それらの書はすべて咎人の筆として焼き捨てられたと聞いておりましたもので」

「焼き捨てられただと」

いや、考えてみればそれももっともだ。左遷から五カ月が経ったにもかかわらず、朝《ちょう》堂《どう》は先日の改元の詔において、道真を忌むべき鯨鯢と明記した。それほどに彼を忌む都の公卿たちが、彼の果たした仕事をそのままにしているはずがなかった。

先ほど葛根は、道真がああもあっさり阿紀を南館に向かわせたことに不審を抱いた。しかしそんな都での出来事を聞けば、それも納得できる。道真は都で与えられた屈辱と悲しみの傷を、まだ若き阿紀を導くことで癒そうとしているわけだ。

父を失い、妹と二人で生きて行こうとしていた幼い葛根が葛絃によって救われた如く――また身寄りを持たず、我が身や世間を呪って生きる孤児が同じ境遇から衛士として働くに至った少年たちに奮起する如く、人を癒せるのは結局、人でしかない。

阿紀は今、道真の教示を受け、自分の僥倖《ぎょうこう》にさぞ舞い上がっているのだろう。だがもっとも得難い僥倖を受けたのは、実は彼に教えを授けた道真の側なのではあるまいか。――と、そこまで考え、葛根は胸の奥底に小さな棘《とげ》を覚えた。

道真は阿紀の求めに応じることで、自らの心の傷を癒さんとした。ならば、善珠はどうなのだ。あの男は私財を擲《なげう》ち、孤児たちを助けることで、いったいなにを得ようとしていたのか。

無論、善珠が底なしの善人であっただけとも考えられぬではない。とはいえ善人のはずの善珠が京進唐物を秦折城に売り払ったのは、紛れもない事実。だとすれば善珠の善行の陰には、自分たちが知らぬ別の理由が潜んでいると考えねばなるまい。

道真の手ほどきの詳細を語ろうとする阿紀を振り切り、葛根は無理やり自室に駆け込んだ。すでに秋も深まりつつある最中とあって、板戸の隙間から忍び入る夜風は湿気を孕んで冷たい。しかし板の間に直《じか》に胡坐をかいてもなお肌寒さを覚えぬのは、疲労のあまりかえって脳裏が清明に冴えているからだ。

かすかな虫の音が、風音に混じって耳を打つ。葛根はしばらくの間、その絶え絶えな音色に聞くともなしに耳を傾けていた。しかしやがて両手で膝を打って立ち上がると、脱ぎ捨てたばかりの沓を突っかけて、北殿を飛び出した。

人気《ひとけ》のない府庁は深い闇に包まれ、ひゅうと鳴る風音がかえってその静けさを際立たせている。そんな中でたった一カ所、ぽつりと小さな灯が心もとなげに揺れているのは、四方に縄が巡らされたままの公文所だ。

近づいてみれば、蔀戸《しとみど》が明け放されたままの屋内はがらんとして、俊蔭だけが夕刻とまったく変わらぬ姿で巻子に目を落としている。ようやく昇った下弦の月が、その姿を斜めに淡く照らしつけていた。

「わたしの配下たちであれば、博多津に戻らせましたよ」

と顔も上げぬまま告げる口調は平然として、まるで葛根の訪れをあらかじめ悟っていたかのようであった。

「万に一つ、善珠が目覚め、すべてを白状することもあり得ます。店には見張りを立たせ、少しでも動きがあれば知らせに来る手筈でございます。――それとも」

読みかけの巻子を、俊蔭はからりと膝の前に投げ出した。秋風に揺れる灯火が、ようやく葛根を振り返ったその顔に濃い陰影を刻んでいた。

「かような時刻にお越しとなれば、もしや少弐どのには打ち明けたいことでもおありでございましょうか。たとえば善珠と秦折城以外に、京進御物をかすめ取った者の名など」

「それはまったく存じません。いえそもそも、わたしには分からぬことばかりです」

ただ、と続けながら、葛根は公文所の階《きざはし》を上った。一灯だけ立てられた燭台《しょくだい》を挟んで俊蔭と向かい合い、「少なくとも大弐さまはこたびの件に関わりはありません」とひと息に告げた。

「ほう。その証左はどこに」

さして驚いた風もなく、俊蔭は膝前の巻子をぞんざいな手つきで巻き始めた。軽く緒を結わえたそれを受け取りながら、葛根は小さく首を横に振った。

「証左はありません。信じていただくしか」

「なんと。何の潔白も証せぬまま、信じろとは。ならば少弐どのは、犯科人は善珠と秦折城の二人のみと仰せですか」

「はい。そうお考えいただくより他ないかと存じます」

一人は明日をも知れぬ病人、一人はおよそ犯罪とは縁がないと見える暢気《のんき》な官人。それだけに、およそこれで俊蔭が納得するとは思えない。しかし折城が自分はただ善珠から勧められた品を買っただけだと主張しているとなれば、これ以上調べたとて何が分かるものか。葛絃に首魁の疑いがかけられるよりは、いっそこれがすべてと言い張るしかないのだ。

　両手の指を強く握り込んだ葛根を、俊蔭はしばらくの間、瞬きもせずに見つめ返していた。しかしやがて寒風の吹きすさぶ庁庭に目を向けると、「――やれやれ、しかたがない。では、それで承知するとしよう」と吐き捨てた。

　葛根が我が耳を疑うほど、なげやりな口調であった。

「これ以上、調べを引き延ばせば、現在、来航中の劉応衛《りゅうおうえい》の唐物の検領にも障りが出る。わたしはそもそも真の犯科人が誰であれ、京進されるべきであった唐物を奪ったとする者さえ捕まればいいのだ。ならばすべてこれにて落着としよう」

　よし、と言わんばかりに、俊蔭が両手を打ち鳴らす。あまりに唐突なその挙措に、葛根は「お、お待ちください」と制止の声を上げた。

　自分からそう願い出た一方で、心の底ではこんな単純な結末に俊蔭が承知するはずがないと思っていた。それだけに狐《きつね》につままれたに似た気分と、またもこれは罠ではないかとの疑念が胸の中でせめぎ合っている。それにだいたい、真の犯科人が誰であってもいいとは何事だ。

「本当にそれでよろしいのですか。俊蔭さまは、大弐さまやわたしを疑っておられたのでは」

　その途端、俊蔭は眉間《みけん》に深い皺を寄せた。葛根が初めて目にした、ひどく人間臭い表情であった。

「別に疑ってはおらぬよ。わたしはただ、帝の威信を保つことを常に第一に考えているだけだ」

「威信でございますと」

「さよう。本来帝のおそばにあるはずの唐物がすり替えられた一件は、すでに太政官の公卿がたには周知の事実となっておる。わたしが大宰府に下向したにもかかわらずその唐物が一つも見つからずば、左大臣さまを始めとする上つ方の中には、内心、主上《おかみ》を侮ってかかる者も現れるやもしれぬ。かような事態を避けるために必要なのは、真実を暴くことではなく、誰もが納得できる犯科人の捕縛だ」

藤原俊蔭ほど忠実な蔵人《くろうど》はいない。都であれば無位無官の衆までが承知している噂が、唐突に脳裏を駆け巡った。

「どうも勘違いをしておられる模様だが、わたしは葛絃どののことも葛根どののことも、これまで何一つ疑った折はない。ただ、お二人は嵯峨《さが》の院を激怒させた野宰相《やさいしょう》さまのご縁者にして、大宰府を治める大弐とその右腕。そんなお二人が仮にこたびの一件に関わっておれば、蔵人所が騙《だま》されたのもやむをえぬ。ゆえにもし見事お二人を犯科人と成すことができれば、帝のご威信はさぞ復するに違いないと考えてはおったが」

悪びれる風もなく言い放ち、「まあ、しかたがない」と俊蔭は続けた。

「秦折城と善珠は犯科人としては小粒だが、それでも少なくとも一つは京進唐物が取り戻せよう。ならば、わたしが下向した意義はあったというものだ」

「お待ちを。つまり俊蔭さまは、こたびの事件の理由がこのまま明らかにならずとも、別にかまわぬのですか」

俊蔭は間髪容れずに、肉付きのいい頤を力強く引いた。

「ああ。先ほども申したはずだ。わたしにとって必要なのは、帝のご威光を守り通すことのみ。もし他にあの二人を手伝った者がいたとしても、そ奴がこの先もずっと己の罪を黙っているのであれば、わたしには問題ではない。もっともその者が己が罪を吹聴し、帝を嘲笑《あざわら》おうとするのであれば、地の果てまでも追いかけ、口を封じねばならぬが」

自らの忠節のみを貫こうとする俊蔭に、こめかみが音を立てて拍動する。とはいえその頑なさを、決して笑いはできない。葛根自身、伯父たる葛絃のためであれば、我が身を賭し、誰を傷つけたとて構わぬと信じていたではないか。

ただ一つ、俊蔭と葛根に相違があるとすれば、この男は帝のためであれば、世の悪事にすら知らぬ顔を決め込もうとしている。それはまだ若い葛根には、信じがたい欺瞞《ぎまん》と映った。

「あの様子では、善珠はもはや長くはあるまい。ゆえにこたびの一件の罪過はこの先、すべて秦折城にかぶってもらうことになろう。劉応衛の唐物の検領は順調に進んでおるゆえ、我らはそれが終わり次第、秦折城を伴って都に引き揚げる。後の調べは都にて行うので、大宰府の衆はなにも心配は要らん」

事件を終わらせ、帝の威信を取り戻すには、確固たる罪人が必要だ。善珠が都までの押送《おうそう》に耐えられぬ以上、その務めは秦折城が果たすしかないことは明らかである。——だが。

「折城は……あの男はただ、善珠から勧められた品を買っただけではありませんか」

絞り出すような葛根の声に、俊蔭は首肯した。

「恐らくさようであろう。だが知らぬうちであったとしても、御物たるべきものを私《わたくし》した罪は罪。善珠を都に伴い得ない以上、あの男を咎人として連れ帰るしかない。少弐どのにしても大弐どのにしても、確固たる犯科人が明らかならざるままに終わるより、はるかに面目が立ってよかろう」

面目、と葛根は唇だけで呟いた。

俊蔭の言葉はもっともだ。鴻臚館より貢上したはずの唐物がすり替えられるなぞ、大宰府からすれば顔に泥を塗られたも同然の失態。だが犯科人と目される秦折城を、俊蔭が見事都に引っ立てれば、人々は葛絃の落ち度を忘れよう。加えて、公文所大典という折城の役職は、その罪過を見過ごした大宰府への非難を同情へと変えるに相違ない。

しかし、本当にそれでいいのか。律令には宮室の財宝を盗んだ場合の法が規定されており、たとえば天皇御璽《ぎよじ》を盗んだ者は絞《こう》（絞首刑）、公使に与えられる駅鈴《えきれい》や関契《かんけい》（通行許可証）を盗んだ者は遠国《おんごく》への流罪など、その処罰は概して重い。

　今回の場合は帝の身辺に置かれるべき調度——いわゆる服御の物を窃盗したことになるため、折城は恐らく山深い信濃国《しなののくに》（長野県）や伊予国《いよのくに》（愛媛県）など、都から海山を隔てた鄙《ひな》に配流される。陽の光すら射しこまぬ深い牢獄に入れられ、よほどの恩赦でもなければ都に戻されぬ重罪だ。

　あの暢気《のんき》で人のいい鰥夫男《やもめ》がそんな僻地に追いやられ、命永らえられるとは思い難い。しかも折城自身はただ、善珠から勧められた唐物を買い求めただけだというのに。

　膝上の拳が、細かく震える。そんな葛根に向かって、俊蔭はぐいと膝行《しっこう》した。

　我知らず俯《うつむ》いた葛根の顔を覗き込み、「得心なされよ」と吐息だけの声を落とした。縹渺《ひょうびょう》たる荒野を思わせる、ひどく冷ややかな声音であった。

「これ以上、困難な詮索を行わずとも、あの大典一人を罪に落とせば、すべてが丸く収まるのだ。聞けば少弐どのはそもそも、大宰大弐どのの身を案じればこそ当地に下向なさったとか。伯父上の御身を思えばなおさら、ここは折城を咎人とするに如《し》くはありますまい」

　俊蔭に言われずとも、それは葛根自身がもっともよく分かっている。

　葛絃は間もなく大宰大弐の職を解かれる身。この次に受領《ずりょう》として任ぜられるであろう国の大小や官職のためにも、折城をかばうことは何の得にもならない。

ただ頭ではそう理解していても、それでいいのかとの躊躇と、そうすべきだとの自制が胸の中で激しくせめぎ合う。あまりに苦いその葛藤をぐいと呑み込み、「……承知いたしました」と葛根は声を絞り出した。

「伯父の――いえ、大弐さまの御為《おんため》を思えば、それより他しかたありません。ただせめて、大弐さまにこのことは」

「分かっております。葛絃どのには、折城がすべてを白状したと申し上げましょう。何もご心配は要りませぬ」

これで話は終わったとばかり、俊蔭が立ち上がる。書棚から次の巻子を引き出す背に、身をよじるように揺れる灯火の影が落ちていた。

風が更に強くなったのだろう、蔀戸がぎいと耳障りに鳴る。その鈍重な響きが葛根には、己を責める答の如く感じられた。

終章　菊酒

日に幾度となく府庁を出入りした疲れが出たのか、はたまた夜風の吹きすさぶ中の外歩きが悪かったのか、翌朝から葛根《くずね》はひどい風病《ふうびょう》（風邪）を引き込んだ。

厨女《くりやめ》に煎じさせた薬湯を飲んで出仕しても、頭は宿酔《ふつかよい》の如く痛み、ひと言しゃべろうとするごとにひどい咳が邪魔をする。

「大事ないのか。暇《か》を取ってもいいのだぞ」

葛絃《くずお》は気遣わしげに眉をひそめるが、実のところ折城《おりき》の捕縛以降、府庁の職務は忙しさを増す一方であった。

なにせ公文所大典《くもんじょだいさかん》であった折城の職務は、大宰府管内諸国から上申された訴訟を受理し、双方の言い分を聞き取った上で裁可を下すという煩雑極まりないもの。そのため公文所では現在まだ調査が終わっていなかった公事《くじ》（訴訟）は、再度書面を提出させて、残る官人で再度聴取をやり直し、新たに届いた訴訟は決裁まで時間がかかる旨の連絡を送り、総手で折城の不在を埋めるべく奔走している。

一方で政所《まんどころ》に対しては藤原俊蔭《ふじわらのとしかげ》から、京の刑部省《ぎょうぶしょう》での取り調べに用いるべく、過去五年分の唐物京進の仔細と秦《はたの》折城の略歴をまとめよとの指示が下されている。そのかたわら、没官《もっかん》された折城の財物を帳簿にまとめ、職を失った折城邸の下男に暇を与え――と、多忙な今、床に就いている暇なぞありはしない。いつしか葛根の日課は、午前中は政所で政務を執り、午後は公文所に赴いて下官の仕事を手伝うものへと変わっていた。

「あの……まことに休まれなくてもよろしいのですか。この数日、ますます咳がひどくなっておいでと拝察いたします」

書き物をしていた手を休めて顔を上げれば、両腕いっぱいに巻子を抱えた龍野保積《たつののほづみ》が、膝立ちでこちらをうかがっている。折城の捕縛以来公文所の人手が足りず、久々に南館から呼び戻されているとあって、その締まりのない顔には疲労の色が濃い。

そうでなくとも、大宰府と葛絃の身の安寧のため、折城を罪に落とすことを選んだ事実は、いまだ葛根の胸に深い棘となって刺さっている。その上、名にし負うたたね殿に気を遣われたのが腹立たしく、「うるさい」と葛根は声を尖らせた。

「わたしを気遣う暇があるなら、さっさとここの勤めを片付けて、南館に戻れ。目付役のおぬしがおらずば、権帥《ごんのそち》さまがまたどこをほっつき歩かれるか知れたものではない」

周囲に聞こえぬよう小声で毒づいた葛根に、「それが」と保積は巻子を持ったままその場に尻を下ろした。

「このところ、権帥さまはとんと外歩きを止められておいでして。それもこれも大弐《だいに》さまのご子息のおかげでございますよ。朝早くから通って来られるあのお子への書の手ほどきにお忙しいため、わたくしも公文所へ来られているわけです」

阿紀《あき》が道真の弟子となって、すでに半月近く。確かにこのところ、阿紀は日の出から日が暮れるまで南館に通い詰めている。

なにせ俊蔭は折城を捕縛するや否や、すぐさま劉応衛《りゅうおうえい》の積み荷の中から宮城に奉るにふさわしい「適用之物《てきようのもの》」を選出した。それゆえすでに明々後日の八月十日には、俊蔭一行は選び出した京進唐物や秦折城とともに大宰府を発ち、都に向かうと決まっている。好古《よしふる》・阿紀兄弟も往路同様、俊蔭と共に都に戻るため、もはや少年に残された時間はあとわずかであった。

その間に学べる限りを学んでやろうという阿紀の貪欲さは、どこか道真と似ている。学問に限らず、一芸を極めんとする者は生き様までが似通ってくるのかもしれない。

保積は腕の巻子を揺すり上げながら、気弱げに葛根を仰いだ。

「とはいえ、今日は公文所の勤めが終わり次第、南館にうかがう次第となっております。なにせ阿紀さまのご帰京まで、あとわずか。ささやかながら師弟の別辞の宴を設けられるそうで。よろしければ少弐《しょうに》さまもお越しになられませんか」

そんな暇があるものか、と毒づこうとして、葛根は口をつぐんだ。

道真は配流の身だ。これまでに大宰権帥として左遷され、その後、赦免されて都に戻った者は数多いが、道真の場合、それが何年先になるかは分からない。

幸い、道真は都との書翰《しょかん》のやりとりが許されているため、今後も阿紀に対して、書面での書の教示は続けられよう。しかしあえて不吉なことを言えば、遂に帰京が叶えられぬまま道真が大宰府で没する可能性とて、決して皆無ではないのだ。

道真という師を得、阿紀は今後ますます、書での立身を志すのだろう。もはや止めたとて葛根の話なぞ聞くまいが、だからといって知らぬ顔を決め込むのも大人げない。

「しかたがない。顔だけは出してやるか」

下手に声を出すとまた、咳がこみ上げる。ほとんど吐息だけで応じると、保積は安堵した様子で頬を緩めた。

「それはそれは。道真さまもお喜びになられましょう」

「馬鹿な。わたしが訪えば、また憎まれ口を叩かれるのが関の山だ」

秦折城の捕縛によって動揺した庁官《ちょうかん》たちは、最近、ようやく落ち着きを取り戻して来た。ただ龍野三緒《みつお》に話を聞くと、このところはむしろ大宰府の衆庶の間で、帝に奉る唐物を騙しとった官人の噂が盛んという。ただそこに善珠《ぜんじゅ》の名前が含まれておらぬのは、もはや罪に問いようもない病人の存在なぞ、秘しておいたほうが帝の名に傷がつかぬという俊蔭の判断か。

噂の詳細はとうに道真の耳にも届いていよう。とはいえ何しろ俊蔭同様、長く宮城で生きてきた道真である。風評の陰に隠されている真実まで、あの男はとうに気づいているに違いない。

それだけにきっと顔を合わせれば、嫌みの一つも飛んでくるだろうと葛根は覚悟を定めた。しかしいざ訪れた南館は、意外にも到るところに豪奢な花をつけた菊の鉢植えが並べられ、折しも漂い始めた宵闇に混じって、香しい花の香が漂っている。

「おお、来たか。どうじゃ、美しかろう」

機嫌のいい顔で正殿《せいでん》に現れた道真は、なぜか漆塗りの衣筥《ころもばこ》を自ら捧げ持っている。灯火が眩しいほどに灯され、酒肴や唐菓子が用意された板間の中央に、道真はそれをどんと据えた。

「重陽《ちょうよう》にはずいぶん早いが、安行《やすゆき》が丹精した菊の花が咲いたのじゃ。菊見の宴と洒落《しゃれ》込もうではないか」

と口をすぼめて笑う様に、葛根は拍子抜けした。

重陽九月九日は、陽の数字である「九」が重なる縁起のいい日。人日《じんじつ》正月七日、上巳《じょうし》三月三日などと並ぶ五節句の一つとして、宮城では天皇・群臣がともに詩を詠み、庭に並べられた菊を眺めながら宴を楽しむ。菊花の露を含んだ真綿で顔や身体を拭うと不老長寿を保つと伝えられるため、後宮《こうきゅう》では前夜から菊の花を綿でくるみ、それを集めて贈り合う慣例もあった。

とはいえそれは、あくまで冬も間近な九月の話。ようやく秋が闌《た》けてきたばかりの八月上旬では、あまりに季節が早すぎる。

「えらく気の早い菊でございますな。ひと月も早く花をつけるとは」

「この地に慣れぬ安行が、丹精の末に咲かせたのじゃ。少々の暦の違いは許してやってくれ」

菊花は桜や菖蒲《しょうぶ》に比べれば長持ちする花だが、さすがにこれからひと月も咲き続けはすまい。まるで安行の迂闊《うかつ》が花にまで移ったかのようだと苦笑しながら、葛根はもっとも端の藁座に胡坐をかいた。

「阿紀はまだ来ておらぬのですか」

華やかな宴席の支度の割に、南館はがらんとして人の気配がない。四囲を見回した葛根に、「紅姫《べにひめ》と出かけておる。安行と保積が供をしておるゆえ、心配は要らぬ」と道真は応じた。

「阿紀どのは大宰府に入って以来、府内のどこにも見物に行っていないと聞いたでな。名鐘と知られる観世音寺《かんぜおんじ》の梵鐘《ぼんしょう》、天智《てんじ》天皇が築かせたもうた大野城《おおののき》。せめてそれぐらいは見せてやらねば、都の母御前への土産話にも事欠こう。配流の権帥と毎日書に明け暮れていたとは、まさか言えまいからな」

「お気遣い、ありがたく存じます」

ただそれについても気にかかるのは、この場にはおよそ似つかわしからぬ衣筥である。

横目でうかがえば、筥の中に納められているのは純白の袍《ほう》らしい。しかも銀糸の縫い取りがいよいよ明るさを増す灯火を受けて輝くあたり、およそ道真着用の衣類とは思い難い豪奢さだ。

道真は目の前の折敷《おしき》に伏せられていた盃を取り上げながら、「気になるか」と含み笑った。ええとうなずく葛根を無視して、かたわらの炭櫃《すびつ》に埋められていた素焼きの瓶子の首を摑んで引き抜く。

とろりと柔らかな香りを漂わせる酒を己の盃に注《つ》いでから、「恩賜《おんし》の衣じゃ」と衣筥に顎をしゃくった。

「昨年の重陽の内宴の折、『秋を思う』との題のもと、制《せい》（帝の命令）に応じて詩を奉ってな。それをお喜びになられた帝より、それなる衣を賜ったのじゃ」

臣下が帝より衣を下賜される例は、さして珍しくない。ただ昨年九月といえば、道真が権大納言から右大臣に昇進した直後。学者でありながら朝堂《ちょうどう》の顕官となった彼が、まさに栄華の絶頂にいた頃だ。

「ご下向の折、わざわざこの地まで持参なさったのですか」

流謫《るたく》の地でかつての栄耀栄華《えいようえいが》を顧みるほど、うら寂しき行いはあるまい。わざわざ我が身を苦しめる真似をと思った葛根に、道真は「違う」と応じて、酒を口に含んだ。

「あの改元の詔《みことのり》を目の当たりにした後、都の妻のもとに文を遣り送らせたのじゃ。少なくとも昨秋、帝はわしの奉った詩を嘉《よみ》せられ、わしは帝より衣を賜ったことで、更なる忠誠を誓った。今、愚かなる鯨じゃと詔に名指しされてもなお、あの折の忠心が我が身に残されているか確かめたくてな」

帝は現在、十七歳。近年には珍しく、藤原氏の女《むすめ》を母に持たなかった先帝・定省《さだみ》とは異なり、母も妃も藤原氏出身の女性ばかりに囲まれている天皇である。

その後宮でももっとも寵愛の深い妃・藤原穏子《おんし》は、道真の政敵たる藤原時平《ときひら》の妹。その一点を指しても、帝が万事口うるさい自分より、時平の言葉に耳を傾けるのは当然だった——と、道真はぽつりぽつりと語った。

「とはいえわしは配流後も心の奥底では、なお帝を信じ奉っていたのじゃ。されどあの詔に触れた途端、その忠心が棒が折れる如く真っ二つになってしまってな。それで恩賜の衣を間近にすれば、以前の思いが取り戻せるやもと考えた次第じゃ」

「いかがでございました」

「それがまるで呆気に取られるほど、なにも感じはせなんだ。どうやらわしは帝や都から捨てられた事実を、いつの間にかすっかり得心しきっておると見える。まあ、帝も内裏《だいり》の官人どもも、別にわしという男を信頼していたわけではない。ただ学問に長け、重用するに都合がよかったがゆえに、わしを取り立てたに過ぎなんだのじゃ」

庭はいつしか深い藍色に沈み、星が一つまた一つと秋空に輝き始めている。

政《まつりごと》とは酷薄なものだ。そう葛根は思った。弱者は切り捨てられ、強き者だけが生き残る。道真は我が身を襲った政治の冷酷さに、己の忠義の虚《むな》しさをつくづく悟ったのだろう。

道真から無言で瓶子を向けられ、葛根はつい盃を差し出した。唇を濡らす程度に舐《な》めた酒は脳天に響くほど甘く、それがかえって栄華の儚《はかな》さを悟った道真の諦念を思わせた。

「とはいえ、せっかく妻の手をわずらわせて取り寄せたのじゃ。せめて歌でも一首、詠んでおかねば、あ奴に申し訳が立たぬからなあ」

道真は部屋の隅に置かれていた硯箱を引き寄せ、盃の酒を硯に落とした。考え込む顔でしばらく墨を磨っていたが、やがてうむとうなずいて、懐から取り出した紙に素速く筆を走らせた。

どうじゃ、と差し出された詩文の字は端正で、曲尺《かねじやく》を当てて書いたかのように字列が揃っている。葛根は軽く一礼して、記された詩を音読した。

「去年の今夜、清涼《せいりよう》に侍《じ》す。秋思《しゆうし》の詩篇《しへん》、独り腸《はらわた》を断つ。恩賜の御衣、今ここにあり。捧持《ほうじ》して毎日余香を拝す。——相変わらず、よくもまあここまで心にもない詩《うた》を詠まれますな。だいたいまだ八月ですのに、見て来たかの如く九月の光景を詠まれるとは」

去年の都の清涼殿の宴席に侍《はべ》った自分とそこで詠んだ詩を思うと、断腸の哀しみに捉われる。恩賜の衣を捧げ持ち、せめて日々残り香によって帝の姿を思い出している——という詩意は、葛根から見れば絵空事《えそらごと》極まりない。しかし、現在の道真の暮らしを知らぬ者が読めば、配流の身のわびしさを想像し、さぞ哀れを抱くに違いない。

しかしそれを指摘した葛根に、道真は面白くもなさげな顔で、たった今詩を書きつけたばかりの紙片を両手で丸めた。それを膝先に投げ出すと、また新たな酒を盃に注ぎ、

「それでいいのじゃ」とぼそりと言った。

「わが妻の宣来子《のぶきこ》はいまだ、都に暮らしておるからな。わしが配流の地で帝への忠誠だけを頼りに生きていると信じさせてやらねば、気の毒じゃ」

「気の毒——でございますか」

「おお。考えてもみよ。わしは政と帝を信じるあまり、宮城に忠誠を誓い、結果、かような憂き目を見た。政とは結局、国を動かすことには汲々《きゅうきゅう》としても、そこに暮らす一人一人の身の上なぞ考えはせぬ。わしは配流の身となり、鯨鯢《げいげい》と誇られたことで帝から真実見捨てられたと悟ってしもうたが、かような事実なぞ本来であれば気づかぬに如《し》くはないからのう」

わしはな、と続けながら、道真は真っ赤に熾《おこ》る炭櫃の炭に先ほどの紙を近づけた。あっという間に炎に包まれるそれを炭櫃の中央に落とし、「本当はかようなことには気づきたくはなかった」と続けた。

「されど、気づいてしまったからにはもはやそれを受け止めるしかない。忠義なるもの

がかように意味をなさず、その癖、人の手足をからめとって身動きを封ずるものだったと、この年になってようやく知るとは。まことに情けない限りじゃ」

なぜ紅姫と阿紀は戻って来ないのだ。闇の中に菊花の白い花弁だけがぼうと浮かび上がる庭を見つめ、葛根は唐突にそう思った。この時刻に葛根が来ることは、保積とて承知しているはず。それにもかかわらず、何故あの男までが姿を見せない。

動揺を鎮めるべく、葛根は震える手で盃を取り、一口、酒を啜った。咳に痛んだ喉を、熱い酒が静かに潤す。

「……秦折城のことでございますか」

との問いが、自分でも思いがけぬほどはっきりと唇をついた。

「おお、そうじゃ。平々凡々極まりなかったという大典《だいさかん》が、帝の御物をかすめ取る大罪を犯せるはずがない。しかもあの藤原俊蔭がかような凡夫《ぼんぷ》一人をひっ捕らえて、それで満足するものか」

道真の声は静かだが、鋼《はがね》を思わせる鋭さが含まれている。人気《ひとけ》のない南館の静寂が、その響きを否応なしに際立たせた。

「忠義とは本来、素晴らしきものじゃ。されどそのために咎なき者を傷つけて、何のための忠か。かような赤心《せきしん》なぞ、犬にでも食わせた方がよっぽど役に立とうて」

「されど。折城に唐物を売った善珠は、もはや明日をも知れぬ病人です。奴から話を聞けぬ以上、事の真実が明らかになる日は参りません。ならばせめて我ら官人は、帝やわが伯父のためになる手立てを選ぶべきではありませんか」

葛根の握りしめていた盃が揺れ、酒が膝を濡らす。それを一瞥し、「伯父。伯父なあ」と道真は歌うように独言《どくげん》した。

「おぬしは右腕と頼んでいた甥から庇われ、それで大弐が喜ぶと思うておるのか。そもそもあの大弐は降りかかった火の粉は自ら払い、その上で相手の家に笑顔で付け火に参るような男ではないか。かような奴を守ろうとするなぞ、思い上がりもいい加減にしろ」

「お――思い上がりでございますと」

横っ面を平手で打たれるに似た衝撃に、葛根はその場に立ち上がった。あまりに激しい動揺に、佩刀《はいとう》していないにもかかわらず、つい右手が左腰に伸びる。

しかし道真は怯えもせずに葛根を仰ぎ、「おお、そうじゃとも」と唇を片頬に歪めた。

「人はな、畢竟《ひっきょう》、他者を救うことも助けることもできはせぬ。人を救うのはただ一つ、己自身のみじゃ。もしかしたらおぬしはこれまで、自分は葛絃に助けられ、守られてきたと考えているのかもしれん。されどそんな時も真実、自らを支えてきたのは実はおぬし自身だったはずじゃ」

わしとてそうじゃ、と道真は面白くもなさげに目の前の衣筥に顎をしゃくった。

「初めてこの地に流されて参ったとき、わしは己の境涯に嘆き、怒ることしかできなんだ。帝がいずれわしを救うて下さるはずじゃとの望みに、必死にすがろうともした。されど結局そんな我が身を救ったのは、わし自身の心の持ちようであり、忠義を捧げた帝はわしのためには指一本、動かしてはくれなんだのじゃ」

初めて南館に押し込められ、怒り哀しみに震えた時、改元の宣旨に目の前が真っ赤になるほどの怒りを覚えた時、確かに安行を始めとする周囲の者たちは、自分を慰めようと必死になった。しかしその言葉が耳に届くかどうかは、己自身の気の持ちよう次第だった、と続けて、道真は一つ太い息をついた。

「藤原俊蔭は頑なな男じゃ。誰がなにを申したとて、自らの忠義は正しいと信じて疑うまい。されどおぬしまでがそれに追従する必要はなかろうて」

「ならばどうしろと仰るのです。もう幾日も目を覚まさぬ善珠を叩き起こし、真実を聞き取れとでもお命じになられますか」

かろうじて絞り出した声は、情けないほど震えている。それをごまかすように声を荒らげた葛根に、道真はひょろりと髭の生えた顎先を軽く掻いた。

「確かに善珠は二度と目を覚まさぬやもしれぬ。保積に昨日、具合を見に行かせたところ、もはや骨と皮だけに痩せ衰え、息も絶え絶えだったそうじゃ。泰成《たいせい》がかたわらで読《ど》経《きょう》を続け、親しい者たちが隣室にひしめいてすすり泣いていたそうで、葬儀の最中かと勘違いしてしまったと申しておった。――ただな」

まあ座れとばかり、道真が軽く床を叩く。渋々、元の藁座に落ち着いた葛根に満足そうにうなずいてから、「おぬし、善珠の出自を知っておるか」と続けた。

「いいえ。身寄りがないとは仄聞《そくぶん》しておりますが、それ以上は皆目」

「そうであろう。おぬしはもちろん俊蔭も、都の者はとかく百姓《はくせい》の出自なぞ問うに値せぬと思うておるからな。まあわしとて、あの善珠に競う心を持ち、どうやってあれほどの学識を身に付けたのやらと思わなければ、似たようなものじゃっただろうが」

善珠に玉鴟《ぎよくよう》の価値を見破られ、地団駄を踏んでいた道真の姿が脳裏に蘇る。そうか。この男はあれ以来、同じ目利きとして善珠を越えるべく、その来し方を調べていたのかとようやく気づいた。

やっと阿紀たちが戻ってきたらしく、裏門の方角で賑やかな話し声が起こった。だが、ぎぎと鳴る門の軋み、漱《すす》ぎの水を使っていると思しき水音までが、今の葛根にはひどく遠いものと感じられた。

「善珠はな、元は水城《みずき》の門を守る分番衛士《ぶんばんえじ》の倅として生まれたそうじゃ。されど幼くして両親が亡くなったゆえ、善珠は親の仕事を継ぐことも許されず、博多津《はかたのつ》で孤児として大きくなったという。長じた後は湊の手伝いとして日銭を得、見よう見まねで唐物商を始めたのは、三十を超えてからだったとか」

かつて今参《いままいり》の衛士は地位が低く、せっかく獲得した職を子どもに引き継がせることも許されなかったとの三百樹《みおき》の話が思い出される。

では、善珠が自らの店に勤めていた孤児を水城の門の下働きに推挙していたのは、ただの親切ではなかったのか。いや、むしろその少年以降、分番衛士の扱いが変わったとの一事だけを挙げれば、善珠は所縁《ゆかり》ある孤児たちによって、自らが味わった不遇を打ち破ったとも言える。

「これらはすべて三百樹から聞いたのじゃがな。若き頃の善珠は口を開けば官を誇り、恨み言ばかり述べる男だったのじゃと。分番衛士が厚遇されるようになってもなお、公とは都合がいいときだけ人を用いるものだと舌打ちをし、店に雇った孤児には必ず、己自身の力で生きられるように立身しろと告げていたとか」

そんな善珠が口を慎むようになったのは、二十数年前。善珠の目利きぶりが博多津で評判になり、その善行もあいまって、店の評判が高まり始めた頃からという。

「三百樹はそんな善珠の変貌に、人は立場を得ると変わるものだと思うていたらしい。されどわしが考えるに、人はさようにたやすく恨みつらみを忘れられるものではない。もしや善珠は商いの中でいつしか、自らの憤懣《ふんまん》をぶつける手立てを見つけていたのではあるまいか」

「それは権師さまが橘花斎《きつかさい》の目利きとして働くことで、ご自身の憂さを忘れられたようなものですか」

「わしとて別に忘れているわけではない。ただ人間とは不思議なものでな。どこかで腹が癒えておれば、他のことは少しぐらい我慢ができる。とはいえ善珠はそもそも目利きが生業《なりわい》じゃ。その上、博多津の衆に聞きまわった限りでは、酒は飲まず女は抱かず、身寄りのない子らの世話を焼く以外は、唐物三昧の暮らしじゃったらしい」

そんな毎日のどこで鬱憤を晴らせたのじゃろうなあ、と続けながら、道真は葛根の顔を見つめた。

「わし自身は目にしたわけではないが、善珠は府庁にも唐物を納めておったらしいな」

と続けて、盃を口に運ぶ。そこに含まれた意味に気づき、葛根ははっと息を飲んだ。

「まさか――」

葛絃は葛根同様、唐物に関心がない。それだけに、儀式の日に正殿に飾られる白磁の大壺、後殿《こうでん》で用いる文房四宝などに対しても無頓着で、必要な折に大蔵にしまわれているそれを適当に史生《ししょう》に命じて運び出させているだけだ。

いや、葛絃だけではない。少なくとも葛根が名を聞いた覚えのある過去の大弐の中で、目立った唐物好きは一人としていない。府庁の政に障りが出ぬようにとの判断から、むしろ書画骨董に興味のない者の方が、この地の大弐に任ぜられる傾向があるのかもしれない。

もし、善珠が官への怒りのあまり、府庁に納めるべき品を過去に偽っていたとすれば——そして誰もそれに気づかぬのをいいことに、少しずつ手口を変え、遂に京進唐物にすら手をつけたとすれば。

もしこの推測が正しければ、大宰府庁は過去二十年にわたって、まんまと下品《げぼん》な唐物を善珠に売りつけられていたことになる。なんと、と呻いた葛根を一瞥し、「少なくとも、わしが善珠であったなら、同じようにしたじゃろうな」と道真は静かな声を落とした。

「高価な唐物が要り用な官に二束三文の品を売りつけ、ほとんど目の利かぬ公文所大典には滅多に日本では買えぬほどの稀品《きひん》を買わせる。一度つくづく、善珠と話をしてみたかったものじゃ。きっと夜通し、様々な唐物の話ができたであろうに」

この時、「先生ッ」「父さまッ」という甲高い声が錯綜《さくそう》し、阿紀と紅姫がばたばたと渡殿《わたどの》を駆けてきた。

「先生が仰った通り、観世音寺の鐘は素晴らしい音色でした。まだ全身があの音に震えているかのようです」

「もう、一人前にそんなことを言って。あのね、ご住持がせっかく撞木《しゅもく》を握らせてくださったのに、阿紀さまってば腕の力が足りなくて、全然鐘を鳴らせなかったの。安行が手をお貸しして、ようやく微かにごおんと鐘を打てたのよ」

「そ、そんなことありませんッ。安行の力を借りずとも、わたくしはちゃんと鐘を撞《つ》けましたッ」

道真の膝にまとわりつきながらの紅姫の告げ口に、阿紀が顔を真っ赤にして言い返す。先ほどまでの静けさを途端に吹き飛ばす喧騒に、道真は細い目をますます細め、紅姫の頭を撫ぜた。

「そうか。とはいえ阿紀どのがこれほど細っこいのも、今のうちじゃぞ。次におぬしがお目にかかろう時には、匂い立つが如き若君に育っていらっしゃろうゆえ。もしかしたら母君は、阿紀どのをぜひおぬしの婿どのにと願い出るかもしれぬなあ」

「あたしは嫌だわ。こんな弱っちいお方なんて」

「わたしとて願い下げです。いくら先生のお子でも、こんな口うるさい女子《おなご》――」

「分かった、分かった。いずれにしても、今日はこれより宴席じゃ。二人とも厨の安行を手伝って参れ。わしはこれなる衣筥を片付けるからな」

はあい、と案外仲良く声を揃え、二つの影が正殿を飛び出す。見る見る宵闇に飲み込まれるその背を見送ってから、あの、と葛根は声を落とした。

「一つだけ教えてください。道真さまはなぜご自身であれば、善珠と同様になさるとお思いなのですか」

漆塗りの衣筥は、見かけよりはるかに重いらしい。細い足をよろめかせて筥を抱え上げながら、道真は葛根を振り返った。

「ああ、それか。単純な話じゃ。唐物を見る目は――知識や学んだことは、たとえどんな境涯にあったとて、誰にも奪われぬ自分だけのものじゃ。憎らしき相手に意趣返しをするのであれば、我が力による手立てでなくては気が晴れぬ。善珠とわしは何もかもが異なる。されど共に唐物に携わる身として、我が才を役立てたいとの思いだけは同じじゃろうて。もしわしらがもっと早くに出会い、深く語らう折があったならば、善珠も何かが違っていたやもしれぬな」

およそ恩賜の衣が入っているとは思えぬ乱暴さで、道真は衣筥を揺すり上げた。そのまま一歩一歩踏みしめるようにして自室へと向かう背中は貧弱で、およそ右大臣の高位にあった人物とは思い難い。

この国に朝が開かれ、すでに数百年。その間に多くの公卿が帝を支え、政を執り続けてきたが、道真の如く市井に生き、政や忠誠をあれほど冷ややかに見た男がいただろうか。たとえそれが哀れな流謫の果てとはいえ、貴賤の暮らしを共に味わい、それでもなお自らの生きる道を見失わず――この左降の日々を切り開く者がいただろうか。

道真は自らを忌まわしき鯨鯢と呼ばれた怒りを忘れんがため、善珠の学識を試した。だとすれば善珠もまた道真のような男がこの世にいると知っていれば、己の不遇を宥《なだ》める術《すべ》を他に見つけられたかもしれない。

盃を握りしめたままであったとようやく気づき、中身を干す。喉を流れ下り、胃の腑を強く焼くその熱に、そういえば都を離れて以来、初めて酒を飲んでしまったと思い出す。しかし意外に後悔の念は湧かず、代わってこみ上げてきたのは小さな笑いであった。

ああ、まったく、道真の言う通りだ。自分如きが葛紘を庇うなぞ、思い上がりもはなはだしい。

温灰《ぬくばい》に埋め戻されていた瓶子を、葛根は不慣れな手つきで抜き取った。袖で灰を拭って盃に酒を注ぎ、庭先の菊の花に目を遣《や》る。一瞬考えてから庇の間に歩み出ると、爛漫《らんまん》と開いた大輪の黄菊の花弁を一枚つまみ取った。

盃にそれを浮かべて飲み干せば、爽やかな薫香が甘い酒の香りと混じり合い、するりと喉を落ちて行った。

「去年の今夜、清涼に侍す、か――」

あの道真の漢詩はいずれまた、彼の憂憤を示す作として人の口に上るのだろう。鄙《ひな》の地のあばら家で、道真が恩賜の衣を前に涙にむせんだなどという逸話が、まことしやかに語り継がれるのかもしれない。

しかし、それでいいのだ。誰がどんな噂をしたとて、道真は――そして人は逞《たくま》しく生きる。そう、己を救えるのは自分でしかないのだから。

「父さまァ、羹《あつもの》ですよ」

「走っちゃいけません、紅姫どの。転びますよ」

少年少女のやりとりが、またも夜の闇を騒がせる。秋風が菊の花を小さく揺らし、冷ややかなその香を四方に振りこぼした。


白々と高く晴れた空に、絹雲が二筋、三筋、かすれる如くたなびいている。すでに十月も終わりとあって吹く風は身を切るように冷たいが、それでも空の高みはまだ秋の名残を留めて青が深い。

後殿で書き物をしていた小野葛絃は、かたわらの小窓から覗く空を仰ぎ、ふうと息をついた。丸みを帯びた掌で額の汗を拭い、文几の向かいに座る道真に軽く低頭した。

「申し訳ありません。もうしばしお待ちください、権師さま。——まったく、保積も気が利かぬ。わたしが忙しいのは分かっておるのだから、もう少しゆるりと権師さまをお連れすればよかろうに」

その口調は穏やかだが、だからこそいっそう恐ろしい。房の片隅に肩身狭く控えていた龍野保積は、肉のついた身体をいっそう丸め、床に額をこすりつけた。

「いや、構わぬぞ、葛絃どの。冬はとかく政務が忙しいものじゃからな。管内諸国で徴収した租税の正倉《しょうそう》への運搬、京納の税を都に届ける運脚《うんきゃく》の手配……わしもかつては讃岐《さぬき》の国司を務めた身じゃ。その多忙はよう分かる」

「そう仰っていただけますと助かります。しかも先月は、秦折城の赦免を願う上申書をほぼ毎日書き続けておりましたゆえ」

「その甲斐あって、折城は特別に赦を賜り、じきに大宰府に戻って来るそうではないか」

ええまあ、と応じてから、葛絃はまたも窓の外に目をやった。先ほどよりも淡くなった雲を仰ぎ、「とはいえ、大宰府の調度類をこれほど片っ端から検めさせた大弐は、わたしが初めてでございましょうなあ」とふくよかな頰をほころばせた。

「官衙《かんが》がどこも忙しい時期だけに人手を割けず、道真さまと保積に倉廩《そうりん》をお任せする羽目となったのは申し訳ありませんでした。ですが善珠の企みが明らかになったのは、みなそのお働きのおかげ。折城に赦が下されたのも、その一部始終をすべて文に書き添えればこそでございましょうよ。まことにありがとうございます」

保積と道真が大宰府庁の西に建ち並ぶ倉廩に籠り、倉三棟に収蔵された調度類の検品を始めたのは、先々月の半ば。ひと月に及ぶ調べは、厚く降り積もった埃と、虫に食われた帳簿類との格闘であった。

その結果判明したことは、善珠は大宰府政庁への出入りを許された二十年前から、納入品の記録よりも格段に品下る唐物を多く官に納めていた事実。

道真の目利きによれば、それでも当初のうちは容易く見破られぬよう、記録よりほんの少しだけ質の悪い品を十のうち一、二つほど混ぜる程度だったらしい。だが三年、五年と日が経つにつれ、その手口は次第に大胆となり、昨年、大盤所《だいばんどころ》で用いるために購入した青花（染付）の揃い碗なぞ、計二十客のほとんどが唐国製ではなく、安南《アンナン》辺りで焼かれたまがい物だったという。

「だから鴻臚館《こうろかん》や蕃客所《ばんかくしょ》に、まともな目利きを置けと申したのじゃ。箱は四隅の揃った紫檀《したん》、碗を包む裂《きれ》は染み一つない練絹《ねりぎぬ》と、いかにも高価そうな見かけに騙されよって」

そう舌打ちしながら、倉のそこここから偽の唐物を次々見つける道真の横顔はどこか寂し気で、その癖、一つたりとも見落としてなるものかとの意地を漲《みなぎ》らせていた。

直接手を下したかどうか判然とせぬ京進唐物のすり替えとは異なり、大宰府所蔵の唐物はすべて善珠堂が納入した記録が残っている。このため葛絃はその仔細をすべて書状にまとめ、秦折城は無実であるとの訴えとともに、都の朝堂に執拗に送り続けたのであった。

「それにしても、葛根には驚きましたよ。まさか私を庇おうとするあまり、無断で俊蔭どのと話をまとめてしまうとは。幸い、権帥さまが諭して下さったせいで、折城を助けることが叶いましたが、いつまでも若造と思うてはなりませんね」

本来であれば、折城が都に送られる前に善珠の行いを暴露すべきであったが、なにせ政庁の唐物をすべて調べるには時間がかかる。

それだけに葛根から道真の善珠にまつわる推論と、俊蔭とのやりとりを告白された後も、葛絃は犯科人として檻輿《かんよ》に押し込められた折城と唐物使《からもののつかい》一行、それに好古と阿紀を素知らぬ顔で都に送り出した。その一方で早々に折城を赦免させるべく、都の公卿たちに繰り返し書翰を送り、折城が如何に有能な官人であったのか、彼がおらずば大宰府の政務にどれだけの支障が出るかを、もはや捏造《ねつぞう》に近い美辞麗句とともに書き連ね、折城赦免の下準備を整えた。

おかげで折城は京の囚獄に押し込められていた間も責め問い一つ受けることなく、間もなく罪を免ぜられて大宰府に戻って来る。しばらくは仕事の少ない主船司《ふねのつかさ》にでも配され、十分に静養を取った頃に、元の公文所大典の任に戻される手筈であった。

「せっかくの犯科人をまんまと解き放たれ、俊蔭は今ごろ、怒髪天を衝く勢いで怒っておろうなあ」

道真はそう呟いて、胡坐の脚を組み替えた。

「あの憎たらしい左府・時平を含め、帝の身辺に侍る公卿どもの大半は、幸か不幸か、俊蔭ほどの忠義心を持たぬ。ゆえに当然、帝の威信にも関心はない。大弐たるおぬしが、秦折城は何も知らずに唐物を買うただけの真面目な官吏、大宰府のつつがない政のためにも、どうかお戻しくだされとしつこく陳情すれば、そりゃおぬしの言葉を容れるのが道理。あの生真面目な男には、そこがどうにも分かっておらなんだわけじゃ」

「されどやはり決め手となったのは、権師さまのご助言ですよ。改元の吉事を褒め讃えねばならぬ今、罪を犯しておらぬやもしれぬ者を咎めるべきではない——との文面を考えて下さったでしょう。あれを赦免願いに丸写しさせていただいたのが、よかったのかと」

その口調には微かに、道真の顔色をうかがう気配がある。道真は軽く鼻を鳴らすや、卓の上にどんと両肘をついて身を乗り出した。

「使えるものは何でも使えばよいのじゃ。なあ、保積。おぬしもそう思うじゃろう」

急に水を向けられ、保積はびくりと肩を揺らした。

「は、はあ。確かにそうかもしれませぬ」

その癖、自分でも思いがけぬほど相槌に力が籠ったのは、この権師が大宰府に来て以来、どれだけ周囲の人々を巻き込み、自らの生きる糧《かて》に変えてきたかを、よくよく知っていればこそだ。

(このお人は結局、人が好きでいらっしゃるのだ)

神岡《かみおか》三百樹にしても葛根にしても——そしてこの自分にしても、強引で自分本位で、その癖、なぜか心底は憎めぬこの道真に振り回されることを、心の底では楽しんでいるのかもしれない。顔を合わせれば怒鳴られ、その不条理に泣き言を返しながらも、それでもこの男の心の底にあるつっけんどんな優しさに惹かれずにはいられぬのだ。

「そうでなければこの秋、わしはただ、醜き鯨にたとえられただけになってしまうではないか。折城とやらを救うことができたのであれば、嫌な目を見た甲斐もあったというものじゃわい」

「嫌な目ばかりではありますまい。好古からの文で聞いておりますぞ」

急に口ぶりを転じて、葛絃は懐から取り出した蝙蝠扇《かわほりおうぎ》で襟元を扇《あお》ぎ立てた。どこか悪童めいた光が、福々しく垂れたその目尻に宿った。

「阿紀は都に戻ってからこの方、それこそ毎日の如く権師さまに文をしたため、書の手ほどきを請うておるとか。やれやれ、子が育つのはまことに早い。あっという間に初冠を果たし、先日の葛根の如く、勝手にこちらの身を案じ始めるのでしょうなあ」

「昨日、南館に届いた阿紀どのからの文には、いずれ烏帽子名《えぼしな》（元服後の名）を名乗る折には、わしの名を一字いただきたいとまで書かれておったぞ。まだ五、六年は先の話じゃろうに気の早い童じゃ」

葛根が育ての親たる葛絃と同じ字を用いている如く、成人の際、学問の師や恩人などから一字を賜る例は多い。阿紀からすれば、表だって師弟の契りを露《あら》わにできぬ相手であればこそなお、道真の名をもらい受けたいとの思いがあるのだろう。

阿紀の書翰がよほど切々たる文面でもあったのか、道真は「弱ったのう」と苦笑した。言葉面とは裏腹に、どこか嬉し気な笑みであった。

「ふうむ。道真さまのお名前は二字とも、嘉字《けいじ》でございますからな。書の道に励むとの志を思えば、やはり道の字を頂戴し、道憲《みちのり》とか道惟《みちこれ》とか……ああ、道風《みちかぜ》という名もよろしゅうございますな。好古と並べても響きがよいですし、音で呼べば如何にも書が巧みそうに聞こえます」

小野道風か、と虚空に指で字を書いて、道真は唇をほころばせた。

なるほど、確かに悪くない。「風」の字ゆえであろうか。少なくともあの葛根の頑なさや葛絃のしたたかさとは異なるのびやかさが、その名にはある。

「さて、ではもうひと働きしますかな。せっかく権帥さまをお招きできたのです。今宵、旨い酒を飲むためにも、せめてここにある書面は片付けておかねば」

葛絃は握りしめたままの筆に、たっぷりと墨を含ませた。

道真は卓に肘をついたまま、穂先を硯の端でしごく大弐をうかがっていたが、「ところで――」と明日の天気を占うに似た口調で話頭を転じた。

「念のために一つ聞いておきたいのじゃがな。おぬし、もしかして最初から、藤原俊蔭の目的に気づいていたのではあるまいか。おぬしを庇おうとする葛根の勘違いを利用し、あえてあ奴を泳がせておったのでは」

「なんでございますと」

我知らず素っ頓狂な声を上げてしまい、保積はあわてて己の口を片手で塞いだ。しかし葛紘はどちらの言葉にも動じる気配を見せず、はて、と微笑んで小首を傾《かし》げた。

「何故かようなことを仰せられます。わたくしがそれほどの腹黒とお思いですか」

その表情は穏やかだが、笑みの形に歪んだ双眸は冷たい。己の口の中がからからに渇いているのに気づき、保積は無理やり舌先で唇を舐めた。

「とはいえわしが最初に奇態と感じたのは、実はおぬしに対してではない。俊蔭は博多津に入るに際して、かつて葛根の部下であった中原某なる男を、先にかの地に向かわせておった。なるほど、俊蔭が六位蔵人《くろうど》である以上、唐物使に小舎人《ことねり》や雑色《ぞうしき》を加えるのは不思議ではない。ただあの中原某が一時期、大宰少弐たる葛根と同じく左近衛府におったことぐらい、上役たる俊蔭は承知していたはず。そんな男をなぜわざわざと考えたのが始まりじゃ」

しかも中原某は素直な気質らしく、葛根に唐物使の来意をすらすらと告げ、結果、葛根は何としても犯科人を捕らえねばと奮い立った。もし俊蔭が京進唐物すり替えについて真剣に詮議する気があれば、わざわざ大宰少弐所縁《ゆかり》の小舎人を同行させるわけがない。

「ゆえにわしは、俊蔭の真の目的が犯科人探しではないと気づいた。そこに至る手立ては異なっていたとしても、おぬしもまた同じことを早々に勘付いていたのではあるまいか」

「やれやれ。道真さまはまったく聡《さと》くていらっしゃる。早々とは到底申せませぬが、それでもあのお方が本気でなさそうだとは思うておりましたよ」

諦めたのか筆を筆置に戻し、葛絃はますます頬の笑みを深くした。

「なにせ俊蔭さまは、一度食らいついたら離れぬ評判の蟒蛇《うわばみ》。まことに唐物の行方を調べるつもりであれば、なにもわざわざ大宰府に立ち寄り、南館に逗留《とうりゅう》なぞなさいますまい。あれはおそらく、わたくしや葛根に揺さぶりをかけんがため。そんな真似をなさるとはすなわち、ご下向の目的は犯科人探しではないと考えたわけです」

「ふん。まったくいつの時も、本当に食えぬのはおぬしじゃわい。それをすべて承知で、己の甥を右往左往させせよって」

思えば藤原俊蔭が下向した当初から、葛絃は葛根を道真の元に寄越し、唐物使の真意を探るよう計らわせていた。生真面目な葛根は皆目それに気づかず、自らの意思で俊蔭と対峙し、葛絃を守ったと信じているようだが、結局、葛根も俊蔭もともに葛絃の掌で踊らされていただけ。

俊蔭が大宰府に留まっている間は折城に罪を着せ、いざ一行が都に発った途端、掌を返す勢いで彼を助けにかかる。これでもし折城を早々に助け出していたならば、俊蔭は他の庁官を犯科人と名指しし、帝の威信を守らんとしていたかもしれない。葛絃は人のいいにこやかな笑顔の裏で、大宰府にもっとも傷が及ばぬ手立てを選び取ったのだ。

怒ると何をしでかすか分からぬ道真は、確かに恐ろしい。事があらば力ずくの手段に訴えて憚らぬ葛根も恐ろしい。だがまことに恐怖すべきはやはり、人のいい笑顔の裏に権謀術数を秘め、それでもなおにっこりと笑うこの大弐だ。

冷たい手で背中を撫でられた気がして、保積はこっそり左右を見回した。だがその刹那、ははは ッと甲高い笑い声とともに、道真が両手で目の前の文几を強く叩いた。

「まったく、困ったものじゃなあ。こんな大弐に守られていれば、大宰府はどんな騒動が起きても安泰で、わしが悶着を起こす暇がないではないか」

「ふふ。起こして下さっても構いませぬよ。わたくしはなにせ浅学非才の身ゆえ、道真さまの如きお方が本気で騒ぎだされれば、ただただ狼狽しかできますまい」

「ふん。偽りの詔まででっちあげておきながら、よくもまあぬけぬけと」

乱暴に舌打ちをしながらも道真の表情は柔らかく、不思議なおおらかさを漂わせている。そう、それはいつぞや道真に広いと言われた大宰府の空に——博多津の向こうにはるばると広がる海にそっくりだ。

豊かな湊と海を間近に擁する西府は、人心温和にして実り豊かなる羅城《らじょう》。異国の風がしきりに吹き入り、京よりも大唐・百済《くだら》に近い日本《ひのもと》の異郷。

三方を山に囲まれていると聞く京を、保積はまったく知らない。だが帝と公卿方を中心に百官衆庶が寄り集まる都にはない晴れやかな混沌《こんとん》が、この大宰府にはある。

（鯨鯢、か——）

幡多児《はたご》によれば、北海の彼方には身の丈数千里の巨魚・鯤《こん》がおり、やがて変じて翼の長さが数千里もある鵬《ほう》なる巨鳥と化す。また大海原を行く鯨鯢の中には、その丈が鯤鵬にも劣らぬものが数多おり、そのすべてを見るだけでも七日もの日数がかかるとか。

混沌たる海を泳ぐ鯨はきっと、この世の善悪すべてを飲み下し、果てなき水中を悠然と行くのだろう。世人にあれこそが鯨鯢よと指さされても、その意味するところすら意に介さず、すべての軛《くびき》を振り捨てて海原を泳ぎ続けるのだろう。

ならば目の前の男は、これからどんな混沌のただなかをその痩せた身体で泳いでいくのか。貧相な身の内に蓄えられた知恵を、学識を以って激しき波濤《はとう》を砕き、いったいどこに向かうのか。

窓の隙間から見える小さな雲が、これからはるかなる空を渡ろうとしているかのようだ。

さてと、と呟いて再び葛絃が筆を執る。墨の芳《かんば》しい香りを、保積は胸いっぱいに吸い込んだ。巨大な鯨の尾が海面を叩く激しい音が、深い海中に人知れず轟《とどろ》く咆哮《ほうこう》が、どこか遠くで響いた気がした。

解説

竹田真砂子

神社仏閣にほとんど縁も興味もない若い方々でも、受験を控えているときなど、ご利益があると評判の○○天神、××天満宮にお詣《まい》りなさったことはおありでしょう。

神様という存在は日本の場合、古事記や日本書紀に記されている、元々神としてお生まれになった方々のことを示しているはずなのですが、年月が経《た》つにつれて人間に生まれながら死後、神として崇《あが》められ祀《まつ》られる偉人も存在致しまして、その数は時代を追うごとに増えてまいりました。

この度の澤田瞳子さんの新作『吼えろ道真』の主人公菅原道真公は、人間由来の神様の先駆者であり、かつ現在の日本ではシンパ数の多い、もっとも有名な神様と申し上げてよろしいかと存じます。

日本には現在およそ八万八千社の神社があるといわれておりますが、そのうちのほぼ一万二千社は菅公《かんこう》、すなわち菅原道真公を祀った天満宮だそうです。この天満宮、受験シーズンともなりますと、どこも多くの参拝者でいっぱいになります。ご存知のように学問の神様と伝えられているからですが、この方は単に学術的に優秀というだけでなく、高級官僚であり、能筆であり、人柄もいい（らしい）。さらに絵姿を拝見いたしますと整ったお顔立ちで、立派な風格をしていらっしゃいます。なんですか、この方の講義を受ければ、卒業後の就職先まで保証されそうな安心感さえ覚えてしまうほどです。

そういうイメージの人物が歌舞伎に取り入れられますと、さらに一点の曇りもない珠玉のような人格者に創り上げられます。その代表的な作品が『菅原伝授手習鑑《てならいかがみ》』ですが、生身の人間である俳優が、神域に生きる絶対聖者になるのですから並の力量では務まらないことは確かでしょう。

近年は特にその傾向が強くなってきているようで、道真を演じる俳優は配役が決まった途端に精進潔斎し、まるで俳優自身が神と崇められる存在であるかのように振舞い、周囲を取り巻く方々も日常的に崇高な方として見上げなければならないような制約さえ感じられるほどです。劇評なども役作りの丁寧さを強調して、その成果を最大級の賛辞をもって讃《たた》えることが多いように思えますけれども、私は、どうも納得いたしかねます。私、まるで生まれた時から聖人君子であったような菅公なんてあり得ませんでしょう？　私、菅原道真は極めて人間的な普通の感情をもった人だと思うのです。

だからこそ高級官僚の身でありながら、あらぬ嫌疑をかけられ、職を奪われ、左遷され、これといった身分保障もないまま辺境の地に放り出されてしまうのではありませんか？

当然、本人だってその現実を理不尽だと思っています。それで、その理不尽を実行した張本人に対して深い恨みを持つようになり、遂《つい》には雷神となりまして、時の権力者に襲い掛かって感電死させたのです。

すべてを我が身一つに納めて他人を許し、悟りきって行いすましていられる人であるわけはないのです。そういう人のはずです、菅原道真っていう人は。

とはいえ、私が雷神説を丸ごと信じているわけではございません。ただ、当時の人々が偶然の天災を菅公の身の上と重ね合わせてこうした話が自然発生的に出来上がり、平安京に広まり、関係者たちが震えあがったことは当然考えられるとは思っております。なにしろ日本人の典型はいわゆる判官贔屓《ほうがんびいき》。理不尽な状況のうちに死を遂げた人物に対して寛大でございますから。

それはさておき、私の胸に長年わだかまっているもやもやを吹き払ってくれたのが、まず前作の『泣くな道真』であり、続く今回の『吼えろ道真』でした。一読、西海に沈む真っ赤な夕日を陶然と眺めるにも似た心地にさせていただきました。

その一番の理由は菅公――元右大臣菅原道真公――の容姿を、ネットでもよく見かける、いかにも平安時代の貴族らしい立派な絵姿とは似ても似つかぬ、風采の上がらない老人に仕立てていることです。

著者は作中で「猫背気味の背と肉の薄い体軀《たいく》は威厳に乏しく、およそ右大臣の顕職《けんしょく》にあった男とは思い難い」と表現なさり、その容姿を「しなびた棗《なつめ》」に例えておいでです。

棗と言えば実際に見たことがあるのはドライフルーツに加工されたものくらいで、生の棗を見たことはありませんが、「しなびた棗」なるものは、なんとなく想像がつきます。それを、あの絵姿の菅公と重ねてみました。不覚ながら思わず吹き出してしまいました。

いえ、それだけではありません。平安京から届いた元号を改める理由を記した詔勅の文言の中に、政治を鯨鯢《げいげい》のように大きな口を開けて飲み込もうとした逆臣であるという意味の、悪意に満ちた文言が記されていたと知るや、たちまち逆上して「怒号が、対屋《たいのや》に雷鳴の如《ごと》く響き渡」り「両足で地団駄を踏んだ」りさせているのです、著者は。

あの威厳に満ちた菅原道真をこんな狼藉《ろうぜき》を働く無作法な、しなびた棗にしてしまうとは、いかに暗い夜空に鮮やかな光を放つ流星のような勢いで文壇デビューを果たし、次々と大作を発表して数多《あまた》の文学賞を手中に収めた令和時代の寵児《ちょうじ》でも無礼ではありませんかしら？

菅原道真公は恐れながら、五十九代宇多《うだ》天皇に見出《みいだ》されて側近となられ、六十代醍醐《だいご》天皇の御世《みよ》には従二位を賜り、政治の中枢に関与するまでになった殿上人であります。

忘れもしません。遠い昔の私事で恐縮ですが、小学五、六年生のころ、担任の先生が「去年の今夜清涼に侍《じ》す　恩賜の御衣今ここにあり」という漢詩の一部を黒板に書いて、経緯を説明してくださったことがありました。

敗戦直後の一九四六年にアメリカから教育使節が来て、教育が軍国主義から民主主義へと切り替えられてから間もない頃のことです。数年間はまともな教科書もありませんでしたし、修身、歴史、地理は教科から外されてもおりました。従いまして授業の進行はほとんど担任の先生の才覚に任されていたのだと思います。

そういう時期、先生は菅原道真の生涯についてお話ししてくださいました。当然もっとも有名な「東風《こち》吹かば匂いおこせよ梅の花　あるじなしとて春なわすれそ」についての説明もあったはずです。

しかしながら私はそれよりも、なぜか重陽の節句の翌日、九月十日に、配流の地大宰府から京《みやこ》を偲《しの》んで詠んだ、七言絶句の一部であるこの件《くだり》だけ、特に鮮明にその場の情景が目に浮かんできて、道真の心境が思いやられ、深い感動を覚えたのです。

そんな私のいい、いじらしい記憶は見事に、粉々に打ち砕かれました。『吼えろ道真』の著者に。

なにしろ位人臣を極めながら、辺境の地大宰府に追いやられ、権帥《ごんのそち》という曖昧な役職をあてがわれてはいるものの、金銭的にも立場上も何の保証も、やるべき仕事もなく、京に戻れる希望も断たれた人です。打ちひしがれていて当然なのに、澤田瞳子さんが描く菅公には寂寥感《せきりようかん》など薬にするほどもなく、貧弱な身体《からだ》によれよれの衣服をまとい、時にはずいぶん怪しげな商人とも手を組んでは唐渡りの貴重な道具類の目利きをして、重宝がられているという、至って生活力旺盛な人物になって、あっちへ行ったり、こっちへ来たり、人目も憚《はばか》らず駆けずり回っていたのです。

なんのためにそんなことをしているのかと言えば、高価な輸入品が偽物とすり替えられている疑いがあると判明したからで、そんなことになれば、あらぬ嫌疑をかけられる者がでるばかりでなく、やがては京の畏《かし》き辺りにまで累が及ばないものでもない。これは由々しき一大事であるとばかり、自分に備わった能力を即座に発揮する気になったわけです。

私ごときには貴重な唐物の良《よ》し悪《あ》しなど分かるはずもございませんが、大体の経緯は自分流に解釈できまして、風采の上がらない菅公の大活躍に自然とこちらの気持ちが靡《なび》いていき、いつのまにか著者が仕掛けた術中にうまうまと陥っていることに気がついたしだいでございます。

周囲を取り巻く脇役陣がまた魅力的なのです。無名ながら道真の付き人的存在である通称「うたたね殿」の龍野保積や、反対になかなかの利け者で、上司である伯父思いの大宰少弐《だざいのしように》・小野葛根、その伯父である大宰大弐《だいに》・小野葛絃。得体の知れない唐物商の老婆・幡多児。いずれも個性の強い猛者たちの中になぜか紛れ込んでいる花一輪、容姿端麗のうえに才長《た》けていて艶《あで》やかで人当たりがよいという恬子が出現します。この女性、なんと美人の代名詞にもなっている小野小町なのであります。

但し小町は前作『泣くな道真』で活躍したあと、あっさりと東北へ行ってしまいますが、代わりに登場してくる少年がおりまして、大宰大弐・小野葛絃の息子でその名を阿紀と申します。この子が八歳ながら妙に大人びていて流人道真に書を習いたいと申し出ます。彼は、のちに和風書道の基礎を築いたと伝わるあの人物でございます。

これらの多彩な人物を縦横無尽に働かせて、流人となり、祟《たた》り神にまでなった菅原道真の後半生に明るい光をあてた瞳子さん。彼女は天性の才能に弛《たゆ》まぬ努力という磨きをかけて、多彩な作品を次々と世に送り出しております。

そんな現状を知るや知らずや、本の中から菅公の呵々大笑《かかたいしょう》する声が聞こえてくるようです。


（たけだ・まさこ　作家）

本書は、「ｗｅｂ集英社文庫」二〇二二年三月～二〇二二年八月に
配信されたものを加筆・修正したオリジナル文庫です。

本文イラスト　三木謙次

澤田瞳子の本

腐れ梅

平安時代。身体を売って暮らす似非巫女の綾児は、菅原道真を祀る神社をでっち上げる策謀に参加。筆頭巫女として権力を握るかに思われたが……。圧巻のピカレスク歴史巨編。

集英社文庫

集英社文庫　目録（日本文学）

佐藤多佳子　夏から夏へ
佐藤初女　おむすびの祈り　「森のイスキア」こころの歳時記
佐藤初女　いのちの森の台所
佐藤真海　ラッキーガール
佐藤真由美　恋する短歌　22 short love stories
佐藤真由美　恋する歌音《カノン》　こころに効く恋愛短歌50
佐藤真由美　恋する四字熟語
佐藤真由美　恋する世界文学
佐藤真由美　恋する言《コト》ノ葉《ハ》　元気な明日に、恋愛短歌。
佐藤満春　トイレの輪　～トイレの話、聞かせてください～
佐野眞一　沖縄　だれにも書かれたくなかった戦後史(上)(下)
佐野眞一　沖縄戦いまだ終わらず
佐野藤右衛門　小田豊二　櫻よ　「花見の作法」から「木のこころ」まで
沢木耕太郎　天涯1　鳥は舞い　光は流れ
沢木耕太郎　天涯2　水は囁き　月は眠る
沢木耕太郎　天涯3　花は揺れ　闇は輝き

沢木耕太郎　天涯4　砂は誘い　塔は叫ぶ
沢木耕太郎　天涯5　風は踊り　星は燃え
沢木耕太郎　天涯6　雲は急ぎ　船は漂う
沢木耕太郎　オリンピア　ナチスの森で
澤田瞳子　泣くな道真　大宰府の詩
澤田瞳子　腐れ梅
澤田瞳子　吼《ほ》えろ道真　大宰府の詩
澤宮優　炭鉱町に咲いた原貢野球　三池工業高校・甲子園優勝までの軌跡
澤宮優　スッポンの河さん　伝説のスカウト河西俊雄
澤宮優　バッティングピッチャー　背番号三桁のエースたち
澤宮優　昭和十八年　幻の箱根駅伝　ゴールは靖国、そして戦地へ
沢村基　たとえ君の手をはなしても
サンダース・宮松敬子　カナダ生き生き老い暮らし
三宮麻由子　鳥が教えてくれた空
三宮麻由子　そっと耳を澄ませば
三宮麻由子　ロング・ドリーム　願いは叶う

三宮麻由子　世界でただ一つの読書
三宮麻由子　四季を詠む　365日の体感
シークエンスはやとも　トナリの怪談
椎名篤子・編　凍りついた瞳《め》が見つめるもの
椎名篤子　親になるほど難しいことはない
椎名篤子　新　凍りついた瞳《め》　「子ども虐待」のない未来への挑戦
椎名篤子　「愛されたい」を拒絶される子どもたち　虐待ケアへの挑戦
椎名誠　地球どこでも不思議旅
椎名誠・選　素敵な活字中毒者
椎名誠　インドでわしも考えた
椎名誠　全日本食えばわかる図鑑
椎名誠　岳物語
椎名誠　続　岳物語
椎名誠　菜の花物語
椎名誠　シベリア追跡
椎名誠　ハーケンと夏みかん

集英社文庫　目録（日本文学）

- 椎名誠　零下59度の旅
- 椎名誠　さよなら、海の女たち
- 椎名誠　白い手
- 椎名誠　パタゴニア
- 椎名誠　草の海
- 椎名誠　喰《くう》寝《ねる》呑《のむ》泄《だす》
- 椎名誠　アド・バード
- 椎名誠　はるさきのへび
- 椎名誠・編著　蚊學ノ書
- 椎名誠　麦の道
- 椎名誠　麦酒《ビール》主義の構造とその応用胃学
- 椎名誠　あるく魚とわらう風
- 椎名誠　風の道　雲の旅
- 椎名誠　かえっていく場所
- 椎名誠　メコン・黄金水道をゆく
- 椎名誠　砂の海　風の国へ
- 椎名誠　砲艦銀鼠号
- 椎名誠　草の記憶
- 椎名誠　ナマコのからえばり
- 椎名誠　大きな約束
- 椎名誠　続 大きな約束
- 椎名誠　本日7時居酒屋集合！　ナマコのからえばり
- 椎名誠　コガネムシはどれほど金持ちか　ナマコのからえばり
- 椎名誠　人はなぜ恋に破れて北へいくのか　ナマコのからえばり
- 椎名誠　下駄でカラコロ朝がえり　ナマコのからえばり
- 椎名誠　笑う風　ねむい雲
- 椎名誠　うれしくて今夜は眠れない　ナマコのからえばり
- 椎名誠　三匹のかいじゅう
- 椎名誠　流木焚火の黄金時間　ナマコのからえばり
- 椎名誠　どーしてこんなにうまいんだあ！
- 椎名誠　ソーメンと世界遺産　ナマコのからえばり
- 椎名誠　カツ丼わしづかみ食いの法則　ナマコのからえばり
- 椎名誠　単細胞にも意地がある　ナマコのからえばり
- 椎名誠　孫物語
- 椎名誠　おなかがすいたハラペコだ。
- 椎名誠　北上次郎 編　椎名誠[北政府]コレクション
- 椎名誠　目黒考二　本人に訊く〈壱〉よろしく懐旧篇
- 椎名誠　目黒考二　本人に訊く〈弐〉おまたせ激突篇
- 椎名誠　家族のあしあと
- 椎名誠　EVENA エベナ
- 椎名誠　おなかがすいたハラペコだ。②　おかわりもういっぱい
- 椎名誠　旅先のオバケ
- 椎名誠　われは歌えどもやぶれかぶれ
- 椎名誠　続 家族のあしあと
- 塩野七生　ローマから日本が見える
- 塩野七生　アントニオ・シモーネ　ローマで語る
- 志賀直哉　清兵衛と瓢箪・小僧の神様
- 篠綾子　岐山の蝶

集英社文庫　目録（日本文学）

集英社文庫　目録（日本文学）

S 集英社文庫

吼《ほ》えろ道真《みちざね》 大宰府《だざいふ》の詩《うた》

2022年10月25日 第1刷 定価はカバーに表示してあります。

著 者 澤田瞳子《さわだとうこ》

発行者 樋口尚也

発行所 株式会社 集英社
東京都千代田区一ツ橋2-5-10 〒101-8050
電話 【編集部】03-3230-6095
【読者係】03-3230-6080
【販売部】03-3230-6393(書店専用)

印 刷 大日本印刷株式会社

製 本 大日本印刷株式会社

フォーマットデザイン アリヤマデザインストア マークデザイン 居山浩二

ISBN978-4-08-744444-5 C0193